8 yth 14581

Paris
1811

Guilbert de Pixerecourt

Le Précipice, ou les forges de Norwège

LE PRÉCIPICE,

OU

LES FORGES DE NORWÈGE,

MÉLODRAME

EN TROIS ACTES, A GRAND SPECTACLE,

Par R. C. GUILBERT DE PIXERÉCOURT;

Musique de M. ALEXANDRE ;

Représenté, pour la première fois, à Paris, sur le Théâtre de la Gaieté, le 30 Octobre 1811.

Les Décorations sont de M. ALAUX ; les Ballets de M. HULLIN.

DE L'IMPRIMERIE DE HOCQUET ET Cie,

RUE DU FAUBOURG MONTMARTRE, N°. 4.

PARIS,

Chez BARBA, Libraire, Palais-Royal, derrière le Théâtre Français, n°. 51.

.1811.

PERSONNAGES.   ACTEURS.

Le Baron D'URHFELD, Colonel du régiment de Norden-field.	M. *Marty.*
HELGA, son épouse.	Mlle. *Bourgeois*
EDWIGE, sœur d'Helga.	Mlle. *Millot.*
Le Comte D'HOLBERG, oncle d'Edwige et d'Helga.	M. *Ferdinand.*
ERIC, son fils, sous-lieutenant dans le régiment du Baron.	Mlle. *Hugens.*
RADULF, chef de forge, ancien adjudant au même régiment.	M. *Tautin.*
SIWARD, parent du Baron, faux ami.	M. *Lafargue.*
CASIMIR BLUMM, cadet attaché au même régiment	M. *Duménis.*
Un Paysan.	M. *Basnage.*
Un Domestique.	M. *Bon.*
Un Forgeron.	M. *Héret.*
Soldats.	
Domestiques.	
Ouvriers de la forge.	
Paysans.	
Paysannes.	
Enfans.	

La scène est à Konsberg et aux environs.

Vu au Ministère de la Police générale de l'Empire, conformément aux dispositions du Décret impérial, du 8 juin, 1806, et à la Décision de Son Excellence, en date de ce jour.

Paris, le 14 Octobre 1811.

Le Secrétaire général, SAULNIER.

Vu l'approbation, permis d'afficher et représenter. Ce 28 Octobre 1811.

Le Conseiller d'État, Préfet de Police,
Baron de l'Empire,
PASQUIER.

LE PRÉCIPICE,

OU

LES FORGES DE NORWÈGE,

MÉLODRAME.

ACTE PREMIER.

*Le théâtre représente une cour entourée d'une grille; à droite
et à gauche sont deux pavillons. Celui qu'habite la baronne
est à droite du spectateur. La grille laisse voir les dehors de
la ville. Dans le milieu de la cour est une fontaine, ombra-
gée par un bouleau, sur lequel est gravé le nom d'Helga, et
dont les branches tombent jusques dans le vaste bassin de
granit qui est au-dessous de la fontaine.*

SCENE PREMIÈRE.

ERIC, LE BARON (*).

(Eric est assis sur une pierre auprès de la fontaine. Il dort appuyé d'une
main sur le bassin, et tenant de l'autre des tablettes ouvertes.

LE BARON entre du côté opposé à celui où est Eric, et ne le
voit point.

Il est à peine six heures !....: tout repose encore autour de
moi; et je ne puis jouir d'un instant de sommeil! Une sombre
inquiétude... de secrets pressentimens semblent m'avertir que je
touche à l'époque de quelque grand malheur. Quelle affreuse exis-
tence!.. toujours entre le doute, les soupçons! Ah! Siward, quel
funeste service ton amitié m'a rendu!.. en ouvrant mon cœur à la
jalousie, tu as versé du poison sur le reste de mes jours. (*Il aperçoit
Eric.*) C'est lui... quel motif l'a pu conduire en ce lieu si matin?
(*Il s'approche doucement d'Eric.*) Pourquoi a-t-il, sans ma permis-

_____

(*). Les Personnages sont placés au théâtre comme en tête de chaque scène.
Nota. Les changemens de position sont indiqués au bas des pages.

sion, quitté son quartier ? Qu'a-t-il écrit sur ses tablettes ?.. (*Il les prend avec précaution et lit*) :

Bonne et sensible Helga,
Toi, que mon cœur adore...

(*Avec beaucoup de sensibilité.*) Eric!.. ingrat!.. il est donc vrai que tu trahis ton bienfaiteur, ton ami; celui qui prit soin de ta jeunesse, et que depuis douze ans tu nommes ton second père!.. (*Il relit, et s'écrie, avec une fureur concentrée.*)

Toi, que mon cœur adore!..

Jeune imprudent !.. et vous, épouse criminelle , tremblez si je puis acquérir jamais la preuve complette de votre intelligence; vous ne savez pas!.. on vient...ah! dérobons ma faiblesse à tous les regards. (*Il sort par la grille du fond, et la laisse ouverte.*)

SCENE II.

EDWIGE, ERIC.

EDWIGE, *sortant du bâtiment à gauche.*

Eric sera bien surpris lorsque, croyant arriver le premier au rendez-vous, il m'y trouvera. (*Elle l'aperçoit.*) Oh! mon Dieu! le voilà!.. Vraiment mon cousin vous êtes désagréable; vous n'en faites pas d'autres. Toujours vous me devancez quand il s'agit de surprendre ma sœur. oui, oui, faites semblant de dormir... je ne suis pas dupe de cette ruse. Je suis fâchée, Monsieur , très-fâchée... ne fut-ce que par galanterie, vous auriez dû vous laisser prévenir cette fois...Justifiez-vous, si vous le pouvez!...il ne dit rien... Oh! il ne répondra pas!.. je le crois bien. C'est ce que l'on a de mieux à faire quand on sent que l'on a tort. Allons, puisque vous vous avouez coupable, je vous pardonne; venez m'embrasser... Eh bien! oh! puisqu'il ne vient pas m'embrasser, il faut qu'il soit bien endormi... le pauvre garçon sera venu de si grand matin, qu'il n'aura pu résister au sommeil. Bon Eric!.. quoique cet empressement me contrarie, cependant il serait injuste de t'en punir. Un baiser était le prix de la gageure que nous fîmes hier au soir. J'ai perdu, je vais te payer, mais tu n'en sauras rien. (*Elle l'embrasse légèrement sur le front.*)

ERIC *se réveille; Edwige se cache derrière le bouleau.*

Est-ce que je dormais?

EDWIGE, *à part.*

Pas mal!

ERIC.

Il est grand jour, et depuis long-tems, à ce qu'il me parait. Allons éveiller ma cousine.

EDWIGE, *à part.*

Oui, oui, éveille ta cousine.

(5)

ERIC.

Je vois déjà son petit air boudeur.

EDWIGE, *de même.*

Du tout, Monsieur ; je ne bouderai pas.

ERIC.

Toi, me disait-elle hier, tu seras arrivé le premier sous les fené-
tres de ma sœur ? Je t'en défie... tu es trop paresseux. Oh! comme
elle sera attrapée !.. Je ris d'avance de sa jolie colère. (*Il appelle.*)
Edwige!.. ma cousine!

EDWIGE, *qui est venue s'asseoir sur la pierre où Eric était endormi* (*).

Plaît-il, mon cousin ?

ERIC, *stupéfait.*

Comment, c'est toi ?

EDWIGE.

Eh bien, ris donc de ma jolie colère, de mon petit air boudeur...
tu ne ris pas du tout. (*Elle rit; Éric se dépite.*) Voilà, Monsieur,
comme on punit les présomptueux.

ERIC.

Edwige, tu me trompes, et cela n'est pas bien. J'étais ici avant le
jour, assurément tu n'étais pas éveillée.

EDWIGE.

Là ! encore ton vilain défaut. Pourquoi faut-il, je vous prie,
que je ne puisse faire la même chose que vous?

ERIC.

Oh! moi, c'est bien différent. Je n'ai pú fermer l'œil cette nuit.
Tu sais quel était le prix de notre gageure. Je me suis donc levé aux
premiers rayons de l'aurore. Après avoir gravé sur ce bouleau le
nom chéri de ta sœur, j'ai commencé la romance que tu m'as de-
mandée pour elle. Certain de gagner enfin ce baiser que tu me promets depuis si long-tems, j'ai cherché à m'endormir, pour arriver
plus vite au moment où je devais le recevoir.

EDWIGE.

Certes ! voilà un récit fort touchant.

ERIC, *s'avance pour l'embrasser.*

Ainsi...

EDWIGE.

Mais il ne me séduira pas.

ERIC.

Comment, tu ne veux pas me payer?

____

(*) ERIC, EDWIGE.

EDWIGE.

Je ne vous dois rien, Monsieur.

ERIC.

Oh! ma cousine!

EDWIGE.

Non, Monsieur; je ne vous dois rien.

ERIC, *prenant un air grave.*

Edwige, je vous croyais plus de loyauté. C'est fort mal ce que vous faites-là. Je vais en faire juge notre ami.

SCENE III.

ERIC, RADULF, EDWIGE.

ERIC, *allant au-devant de Radulf.*

N'est-il pas vrai, Radulf, que ma cousine a tort?

EDWIGE.

Pas du tout; c'est lui.

RADULF.

Bah! bah! vous êtes des enfans; vous vous querellez toujours. Puissiez-vous ne pas faire de même quand vous serez en ménage! Morbleu! je vous en voudrais beaucoup si vous ne rendiez pas cette aimable Edwige aussi heureuse qu'elle le mérite.

ERIC.

Tu augmentes mon chagrin en me parlant d'un mariage qui n'aura peut-être jamais lieu. (*Il pousse un gros soupir, auquel Edwige répond de son côte*).

RADULF.

Il est vrai que l'on n'a point encore osé en parler à M. le Baron; et sans son consentement, néant, puisqu'il a sur vous tous les droits d'un père.

ERIC.

Il n'y consentira pas.

RADULF.

Mais quel diable! aussi, vous êtes si jeunes! quinze ans d'un côté, dix-huit de l'autre; je vous demande s'il n'y a pas de la folie de penser à livrer à eux-mêmes deux enfans.

ERIC, *avec importance.*

M. Radulf, n'oubliez pas, s'il vous plait, que dans quinze jours il y aura un mois que je suis sous-lieutenant.

RADULF.

Diable! tout cela... il y a bien de quoi être fier, vraiment. (*Il rit.*) Si nous faisions valoir nos titres, je crains d'avoir double-ment raison. J'avais l'honneur d'être adjudant depuis vingt-quatre ans dans le régiment de M. le Baron , quand il lui plut de solliciter ma retraite , pour me donner la régie de ses forges. Vous me devez subordination, respect...

ERIC, *se jetant à son col.*

Et par-dessus tout amitié, mon bon Radulf.

RADULF.

Que vous me payez avec les intérêts. Mais c'est assez nous occuper d'un mariage que nous ne devons voir encore qu'en perspective ; venons au plus pressé, à notre fête. Je crains bien que nous n'éprouvions quelque contrariété de la part de M. le Baron.

ERIC.

Bah ! nous aurons tout disposé avant qu'il se lève.

RADULF.

Bah ! voilà ce qui vous trompe, jeunesse présomptueuse. M. le Baron est levé, je viens de le voir; il se promène à grands pas sous les tilleuls. Il a l'air sombre , soucieux...

EDWIGE.

En vérité, je ne le reconnais plus. Tu sais, Radulf, combien il était aimable, affectueux avec ma sœur ?.. Depuis quelques jours, il est tout-à-fait changé. Il ne l'aborde plus qu'avec un front sévère, il se tient debout devant elle (*Elle l'imite*). les bras croisés ; l'observe attentivement pendant quelques minutes, comme s'il cherchait à lire dans son âme la preuve de quelque grand crime. Il pousse deux ou trois gros soupirs, puis, tout-à-coup, il se retourne et s'en va sans rien dire, et moi j'ai toutes les peines du monde à ne pas lui rire au nez. (*Elle rit*).

RADULF.

Diable! c'est singulier; et que dit Mad. la Baronne ?

EDWIGE.

Elle le croit tourmenté par quelque peine secrète, et n'osant lui en demander le motif, elle n'oppose à sa vivacité, à ses brusqueries même, qu'une patience, une douceur inaltérables.

RADULF.

C'est une femme si estimable, si vertueuse que Mad. la Baronne ! Feue Mad. Radulf était tout son portrait, et il s'en fallait bien que je fusse toujours aimable.

EDWIGE.

Vous étiez son mari; c'est tout dire.

RADULF, *à Eric.*

A bon entendeur, salut!

ERIC.

Je ne ris point; je pense au changement qui s'est opéré dans les manières de M. le Baron. Quand il me donnait des ordres autrefois, c'était toujours avec l'aménité d'un père. Toujours il me nommait son fils. Maintenant, il y met toute la dureté du chef le plus rigide. Il se montre inflexible pour les fautes même les plus légères. Je ne le vois que trop, il m'a retiré son affection, sans que j'en puisse soupçonner la cause. Mais je ne puis vivre ainsi, je le supplierai de me la faire connaître. Tu te joindras à moi, bon Radulf, et toi aussi, mon Edwige? Ta voix touchante a tant d'empire sur son cœur, qu'il ne pourra nous refuser cette grace.

EDWIGE.

Quand tu voudras, mon ami.

ERIC.

Eh bien! allons tout de suite. (*fausse sortie.*)

RADULF.

Les voilà partis comme des étourneaux. (*Il les ramène.*) Ah! qu'un sage Mentor tel que moi est utile à la jeunesse!.. J'ai bien remarqué une altération sensible dans le caractère de M. le Baron, et qui plus est, je soupçonne fort Siward, le trésorier du régiment, d'y avoir contribué. Cet hypocrite parent s'est emparé de sa confiance et ne le quitte plus. Mais il ne nous convient pas de blâmer les actions de notre seigneur et maître. Son cœur est bon, généreux; il se peut qu'on parvienne à l'égarer un moment; mais je m'y connais, je suis observateur, et je puis vous assurer qu'il reviendra facilement, aussitôt que la vérité pourra luire à ses yeux; jusques-là nous devons nous lier aveuglement à sa vertu, suivre scrupuleusement ses volontés et attendre en silence le retour de ses bonnes graces.

EDWIGE.

Eh bien, c'est mot pour mot ce que me dit ma sœur.

RADULF.

Ah! Mad. la Baronne dit comme moi? cela prouve que la nature l'a douée d'une sagesse profonde, et d'un esprit d'observation très-juste et très-rare.

EDWIGE.

M. Radulf est tout-à-fait modeste. (*On entend sonner sept heures.*) Oh! mon Dieu! déjà sept heures.

ERIC.

Mad. la Baronne se lève à huit.

EDWIGE.

Et rien ne sera prêt.

RADULF.

Diable! c'est votre faute aussi! Vous passez sans cesse d'un objet à un autre... Voyons, la romance est-elle faite?

ERIC.

Elle est là, je n'ai plus qu'à l'écrire.

RADULF, à *Edwige.*

Votre harpe ?

EDWIGE.

Est d'accord.

ERIC, *montrant le bouleau.*

Le nom est gravé et n'attend plus que la couronne de roses que tu nous as promise.

RADULF.

J'ai bien mieux que cela, ma foi ! outre une assez bonne quantité de fleurs du Midi, dont nous ferons des guirlandes, le jardinier du directeur de l'Académie m'a confié une douzaine d'arbustes rares en ce pays ; tels qu'orangers, myrthes, lauriers-rose, etc. je les ai fait transporter à la grande forge.

ERIC.

Pourquoi faire, bon Dieu ?

RADULF.

Suffit ! j'ai mon projet. Allons vite chercher ce qui nous est néces-saire pour ce matin... puis ce soir... ce soir... ah! ah !.. (*Il se frotte les mains.*) Ce sera superbe.

ERIC et EDWIGE.

Oh ! conte-nous ton plan.

RADULF.

Non, non.

ERIC et EDWIGE.

Je t'en prie.

RADULF.

Vous voulez absolument savoir mon plan ? (*Ils le ramènent et le caressent*) Imaginez-vous que ce soir.. La neige des montagnes, le toit de la forge... cette opposition savante du noir au blanc, ces fleurs... enfin, çà fera un tableau... et puis... oh !... ah! ah ! je ne vous dis que cela.

ERIC.

Nous voilà bien instruits.

EDWIGE.

Nous ne bougeons pas que tu ne nous aies expliqué ton plan tout entier.

RADULF.

En ce cas, je m'en vais tout seul.

ERIC.

Suivons-le.

EDWIGE.

Car il le ferait comme il le dit. (*Ils sortent tous trois par la gauche.*)

Le Précipice.   a

SCENE IV.

CASIMIR, *d'abord seul, puis des Soldats, des tambours,*
des trompettes.

(Il paraît dans le fond , en dehors de la grille , et fait signe à ceux qui le suivent
de ne pas avancer davantage.

(A voix basse.) Restez-là, vous n'avancerez que quand je vous
ferai signe. Quel bonheur ! la grille est ouverte... tout succède
au gré de mes désirs. C'est aujourd'hui la fête de madame la baronne. Sans faire semblant de rien, j'ai entendu hier le défi de
mon camarade Eric d'Holberg et de sa jolie cousine. J'aspire à un
degré de parenté beaucoup plus rapproché, jusqu'à présent elle
n'a point paru très-sensible à mon martyre ; elle dit que je
suis gauche, laid, lent, lourd; que je suis incapable d'une attention délicate... Elle me rit au nez chaque fois que je parle de
ma flamme, et cela n'est pas très engageant; mais comme il règne
entre les deux sœurs une amitié fort tendre, j'ai pensé que le meil-
leur moyen d'avancer mes affaires, était de me distinguer dans
cette occasion, en fêtant le premier madame la colonelle. Je vais
donc exécuter la surprise aimable que j'ai imaginée pour son ré-
veil. A coup sûr c'est une idée neuve... on ne s'est jamais avisé
de pareille chose... Cela lui fera un sensible plaisir. (*Il va au*
fond et appelle.) Venez... approchez sans bruit. Mettez-vous en
bataille sous les fenêtres... voilà ce que c'est !... demi-tour à
droite... Tirez tous ensemble. (*Les soldats font une décharge*
de mousqueterie dans la cour.) Bravo! maintenant la fanfare !...
le roulement ! allez, allez, ferme. (*Les tambours font un rou-*
lement et les trompettes sonnent le boute-selle Il se promène en long
et en large, en se frottant les mains.) Non, cela n'est pas joli !...
fort !... allez toujours.

SCENE V.

ERIC., RADULF, EDWIGE, LE BARON, SIWARD, CASIMIR'
HELGA, *Soldats,* tambours *et trompettes dans le fond.*

EDWIGE, *accourant.* (*Elle porte une petite harpe. Le bruit cesse.*)
Ah! mon dieu! mon dieu!

ERIC, *chargé de deux myrthes encaissés.*
Qu'est-il arrivé ?

RADULF, *portant des guirlandes.*
Quel est donc l'imbécile qui fait un pareil tapage ?

CASIMIR, *enchanté.*

C'est moi. Ah! ah!.. C'est la jalousie qui vous fait parler. Vous êtes désespéré de n'avoir pas les honneurs de l'invention.

HELGA, *sortant de son pavillon.*

Quel est donc le motif de cet horrible vacarme?

CASIMIR.

Votre fête, madame la baronne.

LE BARON, *arrivant par le fond avec Siward.*

(*Aux soldats.*) Qui vous a permis de vous introduire chez moi? qui vous a commandé ce que vous venez de faire?

CASIMIR, *transporté de joie.*

C'est moi, mon colonel; c'est moi, de mon chef. Oui, ce beau coup-là est sorti de ma tête; c'est une surprise militaire; je crois qu'il est difficile d'être reveillé plus agréablement. Tout le monde ici aime madame la baronne; j'ai fait le tour du quartier, et après avoir communiqué mon projet, j'ai demandé douze hommes de bonne volonté. Tout le régiment voulait venir; ainsi, ce n'est pas ma faute si nous n'avons pas fait plus de bruit. Voilà, mon colonel, ce que Casimir Blumm, cadet au régiment de Nordenfield, a l'honneur d'exposer à votre baronnie.

RADULF, *à part.*

Tu es un joli cadet!

LE BARON, *aux soldats.*

Vous mériteriez d'être punis pour avoir quitté votre quartier sans mon ordre; mais je vous pardonne en faveur de l'intention: vous avez pu croire d'ailleurs que j'étais prévenu, allez (*Ils sortent.*) Quant à messieurs d'Holberg et Casimir, ils garderont les arrêts pendant quinze jours.

CASIMIR, *à part.*

Jolie récompense! ayez donc des attentions.

EDWIGE.

Ah! mon frère!

LE BARON.

Paix, mademoiselle!

HELGA.

Mon ami, voudriez-vous attrister un jour qui devait être consacré tout entier au bonheur et à la joie? (*Edwige engage sa sœur à prier pour Eric.*) J'ose vous assurer qu'Eric n'est pour rien dans ce qui vient de se passer.

EDWIGE.

Pour cela, c'est bien vrai.

LE BARON.

Madame, la discipline militaire ne connait ni les modifications, ni les intérêts particuliers. Ces messieurs m'ont désobéi en sortant du quartier avant l'heure accoutumée. Monsieur d'Holberg est encore plus coupable que M. Blumm; il lui devait l'exemple de la subordination, sur-tout à cause de la supériorité de son grade. Permettez donc que je ne change rien à l'ordre que j'ai donné.

HELGA.

Je n'ai rien à opposer à votre volonté.

LE BARON.

Je le crois. Edwige, accompagnez votre sœur.

HELGA, *à part*.

Qui peut donc le rendre si différent de lui-même? mon Dieu! fais rentrer la paix dans son âme! (*Elle rentre avec Edwige*)

LE BARON, *à Eric et Casimir*.

Allez, messieurs.

CASIMIR, *s'approche futivement de Sivvard et lui dit à voix basse*.

M. Siward! le colonel est trop en colère pour que j'ose lui parler, faites-moi le plaisir de remettre à madame la Baronne cette boîte qu'elle m'avait chargé d'aller prendre chez son orfèvre. N'en dites rien, car c'est un secret que je tiens du peintre : mais c'est le portrait d'Eric qu'elle a fait faire, je ne sais dans quelle intention. (*Il lui donne une boîte à portrait.*)

(*Pendant cet à-parte , Eric s'approche du Baron et cherche à obtenir la révocation de l'ordre sévère qu'il vient de donner , mais celui-ci est inflexible. Alors Eric rejoint tristement Radulf qui le console de son mieux.*)

SIWARD.

Bon!

CASIMIR.

Je puis compter que vous le lui remettrez le plutôt possible et en particulier, n'est-ce pas? elle me l'a bien recommandé.

SIWARD, *bas*.

Soyez tranquille.

LE BARON.

Que dit M. Blumm ?

CASIMIR.

Rien, colonel. J'obéis.(*Il sort avec Eric.*)

SCENE VI.

RADULF, LE BARON, SIWARD.

RADULF.

M. le Baron, mon brave colonel, permettez-vous à un vieux soldat qui, pendant tout le tems qu'il a servi sous vos ordres, n'a jamais eu à vous reprocher une injustice ou un abus d'autorité, lui permettrez-vous, dis-je, de vous représenter que le jeune d'Holberg est au moins excusable, s'il n'est tout-à-fait innocent.

LE BARON.

Il s'en faut bien qu'il le soit?

RADULF.

Ce n'est pas la première fois que pareille chose arrive, et bien loin de lui en faire un crime et de l'en punir aussi cruellement, vous aviez la bonté de louer cet empressement, vous le regardiez comme une preuve de son amour...

LE BARON, *à part.*

De son amour !... en effet. (*haut.*) Radulf, vous abusez des prérogatives que j'accorde à votre attachement pour moi et à vos longs services. La franchise a des bornes dans lesquelles se doivent renfermer ceux qui m'entourent. Votre présence est nécessaire aux forges; je vous engage à ne les point quitter désormais, que vous ne soyez mandé par moi.

RADULF.

J'obéirai, monsieur. J'ai fait à la grande forge quelques dispositions pour recevoir madame la Baronne; puis-je espérer que vous ne vous opposerez pas à la visite qu'elle a promis de me faire aujourd'hui?

LE BARON.

Vous le saurez plus tard. Siward voudra bien se charger de vous le dire.

SIWARD.

M. le baron connaît mon dévouement à ses moindres volontés.

RADULF, *à part, en désignant Siward.*

Ah! serpent! c'est toi qui souffles ton noir venin dans le cœur de notre bon maître. Mais on écrase les reptiles ! Malheur à toi, si jamais je te rencontre en mon chemin. (*Il sort.*)

SCENE VII.

LE BARON, SIWARD.

LE BARON.

Eh bien, Siward, as-tu remarqué le trouble de la Baronne ?

SIWARD, *avec un feint embarras.*

Moi, M. le Baron?

LE BARON.

As-tu vu le chagrin dont toute sa figure s'est empreinte , quand j'ai prononcé l'arrêt de son favori?

SIWARD.

Il est vrai que...

LE BARON.

Elle n'a pu surmonter sa douleur à la seule idée d'une aussi longue séparation. Cependant celle-ci n'est que le prélude...

SIWARD.

Craignez, monsieur, de vous livrer trop facilement à la jalousie.
Ce monstre, au regard venimeux, corrompt tout ce qu'il approche.
Des bagatelles légères comme le vent, deviennent quelquefois, aux
yeux d'un jaloux, des autorités aussi fortes que les preuves écrites
dans les livres sacrés. Elles ne produisent d'abord qu'une impression
fugitive; mais s'il n'oppose à ces éclairs le calme de la raison, peu-
à-peu ces étincelles réunies s'attachent à son âme; elles y allument
un incendie terrible, dont les crimes les plus affreux ne sont que
trop souvent la suite inévitable.

LE BARON.

C'est parce que je connais tous les dangers de cette fatale passion, et que je redoute ses funestes progrès sur un cœur aimant et
prompt à s'alarmer, que je ne m'arrêterai pas légèrement au
soupçon. Tu ne me verras point occuper mon âme de ces chimères
enfantées par un cerveau en délire et grossies par l'imagination,
jusqu'à devenir des fantômes effrayans. On ne me rendra point jaloux, en me disant que mon épouse est belle, qu'elle est recherchée
dans sa parure, qu'elle aime le chant, la danse, les plaisirs que l'on
trouve dans la société. Où règne la vertu, tous ces plaisirs sont innocens. Je ne prétends pas même concevoir, d'après mon peu de
mérite et la différence de nos âges, la moindre alarme, le plus léger soupçon sur sa fidélité. Non, non; je ne m'arrêterai qu'à des
preuves; mais fasse le ciel que je n'en acquière jamais!

SIWARD.

La femme la moins expérimentée a toujours assez d'art pour dé-
rober les traces de sa faiblesse aux yeux de celui qu'elle redoute.

SCÈNE VIII.

SIWARD, LE BARON, UN PAYSAN.

LE BARON, *à un paysan qui rôde dans la cour et paraît chercher
avec un air mystérieux.*

Que demande cet homme?... Approche.

LE PAYSAN.

Me voilà, monsieur.

LE BARON.

Que veux-tu?

LE PAYSAN, *mystérieusement.*

Remettre à Madame la Baronne une lettre de M. d'Holberg.

LE BARON, *avec surprise.*

Donne.

LE PAYSAN.

Pardon, excuse, Monsieur. Il est sûr et certain que ce n'est pas
vous qui êtes Madame la Baronne; et on m'a bien recommandé
de ne la remettre qu'à elle-même en personne.

LE BARON.

Madame la Baronne n'est pas visible en ce moment.

LE PAYSAN.

C'est une autre affaire. Si elle n'est pas visible, il est sûr et certain que je ne peux pas la voir.

LE BARON.

Tiens, voilà un rixdaller. Va, tu diras que ta commission est
faite.

LE PAYSAN, *enchanté*.

Il est sûr et certain que je ne mentirai pas.

LE BARON.

Qui es-tu ?

LE PAYSAN.

Garçon jardinier chez le directeur de l'Académie des Cadets.

LE BARON.

Il suffit.

LE PAYSAN.

Je salue bien respectablement la compagnie et monsieur.

SCENE IX.

SIWARD, LE BARON.

LE BARON.

Ah ! Siward, la voilà peut-être cette funeste preuve qui va m'o-
bliger à punir.

SIWARD.

Il ne tient qu'à vous de demeurer encore dans le doute.

LE BARON.

Si tu savais quelles heures épouvantables composent la vie d'un
malheureux qui aime avec idolâtrie, et qui ne peut arracher le
doute de son cœur. C'est trop souffrir. Je veux savoir enfin...
(*Il va briser le cachet de la lettre.*) Que vais-je faire? violer un
secret !... manquer à un devoir sacré !... leur ai-je défendu de
s'écrire? Ai-je exigé que leur correspondance me fut communi-
quée ?... Qui m'a prouvé qu'elle soit criminelle?... Non, une
semblable tyrannie est offensante !... Je puis, je veux satisfaire
ma curiosité, mais que ce soit au moins par des moyens légitimes

et qui ne blessent point la délicatesse. (*Après une pause.*) Je vais trouver Helga, lui avouer franchement ma faiblesse et mes craintes. Si elle est innocente...

SIWARD.

Elle s'en offensera.

LE BARON.

Si elle est coupable...

SIWARD.

Les larmes viendront à son secours. Une fois attendri, vous irez vous-même au-devant de sa justification.

LE BARON.

Eh bien ! ami, rends-moi ce bon office. Charge-toi de lui remettre cet écrit, et jure sur l'honneur de me dire la vérité, quelque terrible qu'elle puisse être.

SIWARD.

J'aimerais mieux qu'un autre fut chargé de cette fonction pénible ; mais vous l'exigez, mon amitié se dévoue à votre repos.

LE BARON.

Tu observeras bien ses mouvemens. Il te sera facile de lire dans son ame ; elle se peint dans chacun de ses traits. Si elle n'a pu fermer entièrement son cœur à la séduction, du moins l'hypocrisie n'a point encore dégradé son caractère. Tout est pur dans ses regards pleins de candeur ; tout est divin dans cette figure céleste où se réfléchit la sérénité de son ame. O mon Helga ! Si tu es fausse, dissimulée, le ciel s'est donc joué de tout ce qu'on aime, de tout ce qu'on respecte sous le nom de vertu ; car il t'en a donné les apparences et t'en a prodigué tous les charmes. Pardonne, ami, ce dernier moment de faiblesse... Si je suis offensé, tu me verras tout entier à l'honneur et à la vengeance.

SIWARD, *retenant le Baron qui s'éloigne.*

Pour juger plus sainement de l'effet que produira cette lettre sur Madame la Baronne, il conviendrait peut-être mieux qu'elle lui fût remise par un autre en ma présence.

LE BARON.

Oui. Rends-la moi. Je l'enverrai par un de mes gens. Tu conçois mon impatience... Je vais t'attendre sur le chemin de la grande forge.

SCENE X.

SIWARD, *seul.*

Et moi, je marche à grands pas vers le succès. Courage, Siward ! le Baron, simple, franc, loyal, toujours disposé à croire les hommes honnêtes, dès qu'ils se donnent la peine de le paraître, m'accorde une confiance sans bornes. Par des demi-mots, des réflexions ingénieusement perfides, échappées avec art, je suis parvenu à troubler la paix de son ame, jusqu'à pouvoir le rendre à mon gré furieux, et capable de tous les excès. Le hasard lui-même semble favoriser mes combinaisons en amenant des circonstances que je n'ai point prévues. Par exemple, cette lettre... ce portrait... Oh! le portrait surtout me servira à frapper un coup décisif. La Baronne est un ange de douceur et de perfection ; mais c'est sa bonté même qui la perdra ; oui, je prétends que sa vertu soit l'instrument de sa ruine. Au reste, j'agirai selon le tems, les lieux ; l'œil toujours ouvert sur mes intérêts et prêt à profiter habilement des chances qui me seront offertes, à moins que la Baronne, changeant enfin de pensée et de langage, ne consente à me servir auprès de sa sœur. Les voici.

SCÈNE XI.
SIWARD, HELGA, EDWIGE.

SIWARD.

M. Blumm, avant de se rendre aux arrêts, m'a prié, tout bas, de remettre à Madame la Baronne une boîte...

HELGA, *à part.*

Le mal adroit!

SIWARD.

Qu'elle l'avait chargé de prendre chez son orfèvre.

HELGA, *vivement.*

Je sais... (*avec inquiétude.*) Vous a-t-il dit ce qu'elle renferme ?

SIWARD.

Non, Madame. (*à part*) Du mystère!... Aurais-je deviné juste ?

HELGA.

Edwige, va chercher la cassette de bois de cèdre dans laquelle étaient ces mouchoirs, et d'autres raretés que mon oncle nous a envoyés des Indes. (*Elle montre les mouchoirs de couleurs et à franges qu'elle et sa sœur portent en ceinture.*)

EDWIGE.

Oui, ma sœur. (*Elle entre dans le pavillon de droite.*)

SCENE XII.
SIWARD, HELGA.

HELGA.

L'indiscrétion de M. Blumm, et l'inconséquence de sa démar-

Le Précipice.   3

che vis-à-vis de vous, me forcent à vous confier le secret de cette
boîte.

SIWARD.

Madame la Baronne penserait-elle?...

HELGA.

La vertu la plus austère étant la base inébranlable de toutes
mes actions, je ne veux pas que le nuage même le plus léger puisse
obscurcir jamais l'éclat de cette fleur, que l'on dit si fragile, et qui
est si nécessaire au bonheur des époux.

SIWARD.

Madame la Baronne n'a rien à desirer à cet égard. Sa réputa-
tion intacte...

HELGA.

Je la mérite et la mériterai toujours : elle est à mes yeux la plus
belle parure d'une femme. Cette boîte renferme le portrait du
jeune d'Holberg. (*Elle ouvre la boîte et lui montre le portrait.*)
M. le Baron, sous prétexte de lui procurer de l'avancement,
mais en effet pour l'éloigner de ces lieux, où sa présence semble
lui être importune, vient de le nommer sous-lieutenant afin de le
comprendre parmi les officiers qui doivent passer incessamment
en Danemarck. Eric aime passionnément sa cousine, et je n'ai pas
cru devoir m'opposer à cet amour, que j'avais toujours désiré de
voir naitre et qui est parfaitement conforme aux vues de mon oncle.

SIWARD, *à part.*

Que la contrainte est quelquefois pénible !

HELGA.

M. le comte d'Holberg, en remettant son fils à mon mari, lorsqu'il partit pour les Indes, il y a bientôt douze ans, lui dit : « Mon
» ami, je vous confie ce que j'ai de plus cher au monde, mon fils
» et mes deux nièces. Veillez sur tous trois avec la tendre solli-
» citude d'un bon père. Si l'élément perfide, auquel je remets mon
» sort, trahit mes espérances, c'est vous qui les réaliserez. Pro-
» mettez-moi d'unir un jour Eric à sa cousine. Formez-les l'un
» pour l'autre; voilà mon dernier vœu, mon espoir le plus cher.»
C'est à regret que j'adresse un reproche à mon mari, mais il semble avoir totalement oublié, depuis un mois, l'engagement sacré
qu'il prit alors. Il n'est plus, pour ce pauvre Eric, que le chef
le plus sévère, je pourrais dire le plus injuste; vous-même en avez
été témoin ce matin. J'ignore la cause de ce changement extraordinaire; mais je n'ai pas jugé le moment favorable pour entretenir
M. le Baron de la tendresse de ces jeunes gens et solliciter un consentement, qu'à coup sûr je n'obtiendrais pas.

SIWARD.

Je le crois comme vous.

HELGA.

Pour aider ces aimables enfans à supporter patiemment une séparation qui va leur paraître bien cruelle, j'ai fait faire le portrait d'Eric à son insu. Mon intention est de le donner à Edwige la veille du départ de son cousin, qui, de son côté, recevra en échange celui de sa bien-aimée; voilà le secret de la boîte. Je vous en prie, M. Siward, oubliez que je vous l'ai confié; qu'il en soit un pour tout le monde jusqu'au moment où je jugerai à propos de le faire connaître.

SIWARD.

C'est une attention charmante et dont j'aurais bien quelque raison d'être jaloux : mais soyez assurée, Madame, que bien loin de la communiquer à personne, je ferai tous mes efforts pour l'oublier moi-même.

HELGA.

Je conçois que cette confidence ne doit pas vous être fort agréable; aussi ne vous l'aurais-je pas faite si je n'y avais été forcée. Mais, vous le voyez, d'après les détails dans lesquels je suis entrée, il ne m'était pas possible d'agréer vos propositions à l'égard de ma sœur. Convenez-en d'ailleurs, la disproportion d'âge, des rapports peut-être trop éloignés dans les goûts et le caractère, permettaient de douter que vous eussiez l'un et l'autre rencontré le bonheur dans un engagement dont tant de fils, souvent imperceptibles, constituent le charme ou le détruisent sans retour.

SIWARD, *à part.*

Dévorons encore cet outrage, il sera le dernier.

SCENE XIII.

SIWARD, HELGA, EDWIGE.

EDWIGE, *apportant une cassette.*

Voilà ta cassette, ma sœur.

HELGA.

Je te remercie, bonne Edwige.

EDWIGE.

Ne me diras-tu pas ce que tu veux en faire?

HÉLGA.

Pas tout-à-fait. Seulement je t'engage à veiller sur ce que j'y dépose.

EDWIGE.

Est-ce que cela m'intéresse?

HELGA.

Aujourd'hui, très-peu ; mais bientôt il y aura là un trésor inestimable. (*Elle ouvre la cassette, y dépose la boîte et la referme.*)

EDWIGE.

Un trésor !... dans cette petite boîte ! Dis-moi ce que c'est, je
t'en prie.

HELGA.

Non, bonne petite sœur, cela ne se peut pas. Reporte-là où tu
l'as prise.   (*Edwige sort.*)

SCENE XIV.

SIWARD, UN DOMESTIQUE, HELGA.

LE DOMESTIQUE *présentant une lettre à Helga.*

On vient d'apporter cette lettre pour Madame la Baronne.

SIWARD, *à part.*

Observons !

HELGA, *à Siward.*

Vous permettez, Monsieur ?... Une lettre sans adresse... (*Au
Domestique.*) Est-il bien sûr qu'elle soit pour moi ?

LE DOMESTIQUE.

On m'a dit positivement : pour madame la baronne. (*Il sort.*)

HELGA *décachette la lettre.*

Voyons.

SCENE XV.

SIWARD, HELGA, puis EDWIGE.

HELGA.

Bonheur inespéré ! (*elle baise la lettre à plusieurs reprises.*)
Elle est de mon oncle... il est ici !

SIWARD.

Il est ici ? ah ! tant mieux ! (*à part.*) quel contretems ! tous
mes projets sont détruits.

HELGA.

Edwige !... ma sœur !... viens vite... viens partager ma joie.
Vous aussi, M. Siward.

EDWIGE, *rentre en courant.*

De quoi faut-il me réjouir, ma sœur ? me voilà prête.

HELGA.

Embrasse-moi.

EDWIGE.

Je ne demande pas mieux.

HELGA.

Mon oncle est de retour.

EDWIGE.

Mon oncle !... à Konsberg ?

HELGA.

Vois. (*Elle lui montre la lettre.*) Excusez-nous, M. Siward,
ce transport...

SIWARD.

Est bien naturel.

EDWIGE.

Quel dommage que ce pauvre Eric soit aux arrêts !

SIWARD.

Mademoiselle, il en sortira plutôt.

HELGA.

Ecoute-moi donc. (*Elle lit. Edwige tient un coin de la lettre et
suit des yeux.*) « Konsberg, le 31 mai 1614. Après douze ans
» d'absence, d'inquiétudes et de travaux, je suis enfin de retour
» près de toi, ma chère nièce. J'ai fait ensorte d'arriver le jour
» de ta fête, croyant n'avoir à t'offrir rien de mieux qu'un bon
» parent qui te servit de père et qui en a pour toi les tendres
» sentimens. Cependant j'ai craint que ma présence inattendue
» et peut-être inespérée, ne produisît une sensation trop vive. J'ai
» donc préféré t'en prévenir comme la plus raisonnable. Je suis
» arrivé cette nuit chez mon vieil ami, le directeur de l'Acadé-
» mie des Cadets, et t'expédie cette lettre, sans adresse, pour
» que ni mon fils, ni ton mari ne puissent reconnaitre mon écri-
» ture. Dispose-les doucement à me revoir. Selon ton usage, tu
» réuniras sans doute ce soir nos parens à ce banquet, dont tu
» fais les honneurs avec tant de graces. Je paraitrai à neuf heures;
» je te laissse à penser quel sera mon bonheur en embrassant mon
» cher Eric. Ce moment va me payer de tout ce que j'ai souf-
» fert. »

LE COMTE D'HOLBERG.

EDWIGE.

Ce cher oncle !

HELGA, *met la lettre dans son sein.*

M. Siward, il faut que vous m'aidiez à obtenir de mon mari
la grace de mon cousin.

SIWARD.

J'y ferai mes efforts.

HELGA.

Quel chagrin pour ce bon père s'il trouvait son fils en prison !

EDWIGE.

Oh ! oui, M. Siward ! rendez-nous ce service. Tenez, si vous ramenez mon cousin, je crois que je vous aimerai... un peu.

HELGA.

Cependant, gardez le secret sur cette lettre.

SIWARD.

Sans doute.

HELGA.

Si j'osais me flatter que ma demande fût bien accueillie par M. le baron, je ne confierais à personne cette intéressante commission ; mais je l'avoue, sa froideur m'intimide : il m'évite, et semble ne supporter qu'avec peine les témoignages d'un amour qui fit si long-tems son bonheur. Forte de mon innocence et de la pureté de mon ame, j'attends que mon mari vienne de lui-même me confier le chagrin qui l'agite et dont je ne puis deviner la cause ; car, à dieu ne plaise, que je la soupçonne dans aucun des objets qui m'entourent. Peut-être vous la connaissez, M. Siward ?

SIWARD.

Madame...

HELGA.

Oh ! je ne vous propose point de trahir la confiance de votre ami ; vous la possédez tout entière, et vous en faites un trop bel usage pour que je ne doive pas desirer que vous la conserviez toujours. Je compte sur vos bons offices. Cette journée peut ramener ici le bonheur et la paix ; en y contribuant vous acquerrez de nouveaux droits à notre estime et à notre affection.

SIWARD.

Ce prix est trop flatteur pour que je ne m'empresse pas de le mériter. (*Il sort.*)

SCÈNE XVI.

EDWIGE, HELGA.

EDWIGE.

Mais, j'y songe, ma sœur ; si j'allais trouver ton mari, lui avouer ma tendresse pour Eric, et solliciter son pardon... Croit-tu qu'il me refuserait ?

HELGA.

Le pardon, Siward l'obtiendra plus facilement que nous. Quant à l'aveu de votre amour, c'est mon oncle qui s'en chargera. Le voilà de retour, ainsi vous n'attendrez pas long-tems.

EDWIGE.

Tu as raison. (*Elle aperçoit Eric et s'écrie en sautant.*) Ma sœur! ma sœur! vois donc.

SCENE XVII.

EDWIGE, HELGA, ERIC, *portant des guirlandes et les deux myrthes que Radulf et lui ont remportés en sortant. Il pose ces myrthes à chaque côté du bouleau, près du nom d'Helga.*

HELGA, *affectant un peu de sévérité.*

C'est vous, monsieur?... comment, lorsque votre colonel...

EDWIGE.

Eh bien!... ne vas-tu pas le gronder à présent, quand c'est pour toi qu'il revient?

ERIC.

Pardon, bonne cousine, je n'ai pu me résoudre à me séparer de vous pendant quinze jours, sans vous offrir le bouquet qu'Edwige et moi avons préparé. Ces deux myrthes, placés près de votre nom chéri, sont le symbole de notre tendresse; en les arrosant chaque jour, vous adresserez une pensée à Eric et à votre Edwige. (*Il suspend les guirlandes en festons autour du bassin de la fontaine et attache une couronne de roses au-dessus du nom d'Helga.*) J'attendais que M. Siward se fut éloigné pour vous adresser cette offrande. Maintenant je vais, moins triste, me soumettre, sans murmure, à la punition rigoureuse que l'on m'impose. Je la prolongerai de huit jours s'il le faut, et je ne croirai pas trop payer cet instant de bonheur; j'aurai satisfait à mon plus cher désir. J'emporterai, dans ma prison, la douce certitude que vous me plaignez, que vous consolez Edwige et que vous ne cessez d'avoir pour ce pauvre Eric les tendres sentimens de la meilleure des mères. Je n'ai plus que vous, Helga; M. le baron me repousse, il me hait maintenant, je ne suis plus son fils. Que deviendrai-je si, comme lui, vous m'abandonnez?... ah! je n'aurai plus qu'à mourir... (*Il pleure.*) Mais, vous m'aimerez toujours; n'est-ce pas, ma cousine?... N'est-il pas vrai que vous m'aimerez toujours?

HELGA, *le relève et l'embrasse.*

Oui, bon Eric!

EDWIGE.

Eh! oui, sans doute... ne t'afflige pas, pauvre cousin!.. va, si

M. le Baron ne t'aime plus, eh bien ! moi, je t'aimerai dix fois plus
encore... Tu vois bien que tu ne perdras rien au change.

ERIC.

Me voilà consolé ! (*Il pousse un gros soupir.*

EDWIGE.

Il y paraît !

LE BARON, *en dehors.*

Ah ! qu'il tremble !

EDWIGE.

Ah ! mon Dieu ! je l'entends !

ERIC, *regardant en dehors.*

Il vient de ce côté ! et il me croit aux arrêts !

HELGA.

Sa voix est menaçante !

ERIC.

Il paraît furieux.

EDWIGE.

Cache-toi, Eric.

ERIC.

En quel endroit ?

HELGA, *à Eric.*

Quel imprudence !

EDWIGE.

Entrons au jardin : viens avec nous, Eric.

HELGA.

Non, non.

EDWIGE.

Veux-tu donc qu'il le punisse encore davantage ?

ERIC.

Là ! sur ce bouleau. Son feuillage épais... D'ailleurs je m'échap-
perai plus facilement.

ERIC.

M'y voilà ! (*Il monte sur le bouleau. Helga et Edwige entrent
au jardin.*)

SCENE XVIII.

SIWARD, ERIC, *sur l'arbre,* LE BARON.

LE BARON.

La perfide !

SIWARD, *à part.*

Elles sont au jardin, profitons de leur éloignement.

LE BARON.

Elle a, dis-tu, couvert cette lettre de baisers?

SIWARD.

J'ai tort, sans doute... j'aurais dû vous cacher... mais l'honneur...

LE BARON.

Je sais, ami, à quel point il t'est cher. Dis-moi tout; je veux tout savoir. Si tu m'aimes, montre-moi ta pensée tout entière.

SIWARD.

Si je vous aime, M. le Baron!

LE BARON.

Je le crois... j'en suis sûr. C'est parce que je connais ton attachement pour moi, parce que je te sais plein d'honneur, de loyauté, que cette réticence, ces scrupules m'alarment davantage.

SIWARD.

Si je m'étais trompé...

LE BARON.

C'est à moi d'en juger, et je saurai que je dois excuser ton zèle.

SIWARD.

Votre repos...

LE BARON.

Parle, ou dès ce moment je te regarde comme mon ennemi.

SIWARD.

Serez-vous assez maître de vous pour...

LE BARON.

Me modérer?.. oui, je te le promets... tu vois... tiens... je suis calme... parle, je m'attends à tout.

SIWARD, *avec un feint embarras.*

Mad. la Baronne n'a-t-elle point parmi ses meubles une cassette en bois de cèdre?

LE BARON.

Oui... eh bien! cette cassette?..

SIWARD.

Elle renferme...

LE BARON.

Quoi?..

SIWARD.

Le portrait d'Er...

LE BARON.

N'achève pas!.. attends-moi; je vais m'en assurer. (*Il entre dans l'appartement d'Helga.*)

Le Précipice, 4

SIWARD *lui crie doucement après qu'il est sorti.*
Ayez soin de le laisser à la même place.

SCENE XIX.

ERIC *sur l'arbre*, SIWARD.

SIWARD.

Dédaigneuse Helga! il te coûtera cher le refus que tu as fait de
ma main pour ta sœur. Je ne souffrirai point cette odieuse préfé-
rence. Eric et toi, vous tomberez mes victimes; il faudra bien en-
suite qu'Edwige m'appartienne. (*En se retournant il aperçoit les
guirlandes, la couronne, les myrthes et le nom gravé sur le bouleau.*)
Que vois-je?... sans doute, mon fortuné rival est venu ici depuis que
j'en suis sorti. S'il est vrai, il ne peut être bien loin. Que ne puis-je le
découvrir. (*Il regarde dans le jardin*) Il n'est point avec elles...où
peut-il être? (*en levant la tête il voit Eric.*) Le voilà!... que faire
pour le perdre?.. Demon de la vengeance et de la jalousie, inspi-
rez-moi.(*Il réfléchit un moment, et paraît frappé d'une idée subite.*)
Ah!.. il ne peut voir ce qui se passe au bas de l'arbre. (*Avec la
pointe de son epée il grave le nom d'Eric au-dessous de celui
d'Helga, puis, entendant venir le Baron, il affecte une contenance triste, et va s'asseoir à gauche sur le bord du bassin, de
manière à laisser voir les noms gravés, quand le Baron s'approche de lui.*)

SCENE XX.

SIWARD, ERIC *sur l'arbre*, LE BARON.

LE BARON.

Tu ne t'es pas trompé... je l'ai vu!.. c'est lui!.. oh je vengerai
cet horrible affront!

SIWARD.

Songez, Monsieur, que vous avez promis de vous modérer. Voudriez-vous dans un jour de fête... (*Il lui montre les guirlandes, le
bouleau.*) Au milieu de ces apprêts...

LE BARON.

Que vois-je? leurs noms ensemble!.. Ah! c'en est trop!..
(*Il sort rapidement par le fond*)
SIWARD, *à part.*

Quel est son dessein?.. ô fortune, seconde mes projets!

SCÈNE XXI.

SIWARD, ERIC *sur l'arbre*, LE BARON, Domestiques, puis
EDWIGE et HELGA.

LE BARON *rentrant accompagné de quelques domestiques qui
portent des haches.*

Abattez cet arbre maudit.

SIWARD.

M. le Baron....

LE BARON.

Obéissez, vous dis-je. (*Les domestiques frappent à coups redou-
blés.*)

HELGA, *en dehors.*

Monsieur le Baron!..

EDWIGE, *de même.*

Mon frère!.. arrêtez!..

HELGA, *de même.*

Au nom du ciel!..

LE BARON.

Il est trop tard. (*L'arbre chancelle et tombe. Sa cime étant fort
élevée, se trouve hors de la vue du spectateur quand l'arbre est en
bas. Dans ce moment Edwige et Helga arrivent éperdues, en désordre. Elles poussent un cri douloureux et tombent évanouies aux
pieds du Baron. Siward et les domestiques paraissent s'empresser autour d'elles. Tableau.*)

Fin du premier acte.

ACTE II.

Le théâtre représente un lieu sauvage, au fond d'une vallée dominée par des montagnes couvertes de neige. Du deuxième au cinquième plan est l'appentis enfumé d'une forge avec ses fourneaux, ses enclumes, etc. Cette construction occupe toute la largeur du théâtre. Au-delà de la forge est une espèce de torrent qui descend des montagnes et fait tourner une meule utile à cette usine. Au fond, à la distance d'un quart de lieue, on remarque, presqu'au sommet des montagnes, le chemin tortueux qui conduit à la forge. On voit bien distinctement un petit pont de bois, à bascule, par lequel on passe d'une montagne à l'autre. L'œil doit pouvoir mesurer le précipice affreux qui existe au-dessous de ce pont, entre deux rochers à pic. L'ensemble de cette décoration doit être très-pittoresque.

SCENE PREMIERE.

LE BARON, SIWARD.

LE BARON.

Ah! Siward, je rougis de cet acte de violence. Quel éclat! quel scandale!

SIWARD.

La cause en demeure inconnue, puisque, (*à part.*) grace à moi, (*haut.*) vous n'avez pas eu d'explication avec Mad. la Baronne.

LE BARON.

C'est là précisément ce qui me paraît indigne d'un caractère noble.

SIWARD.

Sans doute, s'il vous restait quelques preuves à acquérir.

LE BARON.

Il est vrai, toutes les apparences l'accusent. Mais juge de ma faiblesse! quand ma raison la condamne, mon cœur voudrait l'absoudre. Maintenant que l'air vif des montagnes a rafraîchi mon sang et calmé cette horrible effervescence qui troublait mes idées, je me trouve inhumain, cruel même. Abandonner dans cet état affreux, livrée aux soins de ses valets, une femme aussi tendrement chérie!.. Ce procédé ne saurait trouver d'excuse. L'as-tu

regardée pendant son évanouissement? c'était l'image de la plus
parfaite tranquillité. L'intéressante pâleur qui couvrait son visage
n'était point celle qui accompagne les remords. C'est ainsi que dor-
mait l'innocence avant que le crime ou la crainte eussent troublé la
paix de l'homme.

SIWARD, *à part.*

Il s'attendrit, ranimons sa colère. (*haut.*) La douleur de Mad. la
Baronne était bien légitime. Cet arbre avait été planté le jour de la
naissance d'Edwige et, vous le savez, la superstition attache quelquefois de fâcheux pronostics à des accidens qui ne peuvent avoir la
moindre influence sur la vie.

LE BARON.

Je ne me pardonne point de lui avoir causé cet effroi...

SIWARD.

D'autant plus naturel, qu'Eric pouvait périr.

LE BARON.

Que dis-tu?...

SIWARD

J'avoue que j'ai frémi, moi-même, en le voyant sur cet arbre,
au moment de sa chûte.

LE BARON, *s'animant par degrés.*

Eric était sur cet arbre?... Tu l'as vu?... Qu'y faisait-il?

SIWARD.

En y réfléchissant depuis, j'ai pensé qu'il avait quitté les arrêts
pour venir, en votre absence, apporter à madame la Baronne ces
gages de sa tendre affection, et qu'à votre approche, la crainte
d'un nouveau châtiment, lui avait fait choisir cet asile.

LE BARON.

L'ingrat est doublement criminel. Que n'a-t-il péri? sa
mort...

SIWARD.

Serait pour vous la source d'éternels regrets. Le sort plus juste a
permis qu'il sortît sain et sauf de ce péril imminent.

LE BARON.

Ah! c'est en vain que je voudrais me le dissimuler; leur intelligence n'est que trop certaine. Les perfides!... Je veux par un
exemple éclatant...

SIWARD.

Qu'allez-vous faire?... Publier votre déshonneur, puisque, par
un absurde préjugé, par un inconcevable abus des mots, on fait
reposer la considération et le respect dont un homme estimable
cherche à s'entourer, sur la fragilité d'un sexe faible, dont nous
exposons chaque jour la vertu à des attaques continuelles!... Son-
gez-y d'ailleurs; les preuves que vous avez de leur crime ne suffi-

raient devant les organes des loix, ni même aux yeux de quiconque jugerait avec plus d'impartialité. Un jour vous me saurez gré d'une modération qui peut-être en ce moment vous importune. Je voudrais que vous eussiez contr'eux d'autres témoignages, alors je ne blâmerais plus votre sévérité. Mais ce n'est pas sur des motifs aussi légers en apparence, que l'on peut détruire la paix des familles, et rompre le plus sacré, le plus respectable de tous les liens. Ah! combien je me repens de ma fatale condescendance!... C'est vous qui m'avez forcé d'être leur accusateur!... Vous avez abusé de votre ascendant sur moi et de mon aveugle attachement pour vous. Mais ne me demandez plus rien de semblable, j'aurais la force de vous désobéir.

LE BARON.

Ami rare et fidèle!... si ta sagesse ne m'eût éclairé, que serais-je devenu? ah! ne m'abandonne pas; que ta prudence me guide à travers ce dédale obscur. Au milieu de ces anxiétés, dans cette alternative de jalousie, d'amour, de crainte et d'espérance, je suis incapable de concevoir un parti dicté par la raison. Prononce, que dois-je faire?

SIWARD.

Eloigner le jeune d'Holberg, aujourd'hui même, et l'envoyer à Frédéric-Stadt, jusqu'au moment où les officiers que vous avez désignés partiront pour Copenhague. Cependant, quoique vous puissiez voir, ne pas témoigner la plus légère émotion, le moindre mouvement de jalousie, qui tende à troubler une journée, que depuis quinze ans madame la Baronne consacre aux plaisirs.

LE BARON.

Le pourrai-je?

SIWARD.

Il le faut. Eloigner tout rapprochement, tout entretien pouvant ébranler une résolution qui doit être immuable. Par ce moyen, vous évitez un éclat fâcheux, des plaintes inutiles, et ne compromettez en rien votre dignité. Si ma présence est nécessaire pour maintenir l'exécution de ce plan, reposez-vous sur mon zèle. Vous savez si votre honneur m'est cher. Je ne vous quitterai point.

LE BARON.

Je t'en conjure, ami. Si je restais livré à moi-même, je le sens aux battemens de mon cœur, l'amour serait le plus fort; une larme d'Helga l'emporterait sur toutes mes résolutions.

SIWARD.

Déjà, comme nous en sommes convenus ce matin, j'ai fait savoir à messieurs d'Holberg et Casimir que vous consentiez à lever leurs arrêts. Mad. la Baronne sait aussi que la fête projettée aura lieu à la forge. Sans doute, ils ne tarderont point à s'y rendre. Pendant que je vais trouver Radulf et lui dire de hâter ses préparatifs, daignez visiter les atteliers établis sur le bord du torrent; j'irai vous y rejoindre.

LE BARON.

Volontiers. J'aime ce site sauvage ; cet effrayant tableau de la
nature en deuil, ces sombres horreurs sont dans une harmonie
parfaite avec la situation de mon âme.

SIWARD.

Quelques jours encore et la paix vous sera rendue.

LE BARON.

Plaise au ciel que ton espoir se réalise. Ah ! cher Siward,
apporte-moi la preuve de son innocence et toute ma fortune sera
le prix de ce bienfait. (*Il sort par la droite, et s'enfonce dans les
rochers qui sont en avant de la forge.*

SCENE II.

SIWARD, *seul.*

Séduisant Eric ! rival que je déteste ! tu as échappé comme par
miracle à un trépas qui semblait inévitable. Ce soir , j'espère, tu
ne seras plus un obstacle à mes desseins. Oui , cette journée doit voir
couronner mes espérances. La réussite est attachée à trois points
importans , sur lesquel se doit fixer toute mon attention. Amener
et saisir habilement quelque circonstance qui redouble , s'il se peut,
la fureur jalouse du Baron, jusqu'à le porter au dernier degré
de l'égarement. Empêcher entre lui et sa femme une explication
qui me perdrait. Calmer l'esprit d'Helga et dissiper les craintes que
la scène de ce matin a dû lui faire concevoir , afin qu'elle ne hâte
point l'arrivée du Comte d'Holberg, qui déconcerterait tous mes
plans ; s'il voit son fils, mon espoir est évanoui. Maudit vieillard ,
c'est quelque démon jaloux de mon bonheur, qui t'a inspiré la
fatale pensée de hâter ton retour. Me voilà engagé seul sur une
frêle barque, au milieu d'une mer orageuse , environné d'écueils
qui semblent me présenter par-tout une mort assurée... Mais , à la
lueur des éclairs, j'ai distingué le port.. je brave la foudre .. et j'y
cingle à pleines voiles. Holà !... Radulf !

SCENE III.

SIWARD, RADULF.

RADULF, *en dehors.*

Qui m'appelle ?

SIWARD.

Par ici. La brusque franchise de ce Radulf, a je ne sais quoi
qui m'inquiète et m'intimide.

RADULF, *entrant.*

Ah! c'est vous, M. Siward?

SIWARD, *d'un ton patelin.*

Oui, honnête Radulf.

RADULF, *à part.*

Le tigre fait patte de velours... Gare le coup de griffe !

SIWARD.

Tous vos vœux sont comblés. Grace à mon instante prière, M. le Baron veut bien que la fête ait lieu, et j'accours vous en instruire.

RADULF, *ironiquement.*

Vous êtes si bon !

SIWARD.

Quelques nuages avaient un moment troublé la sérénité de cette estimable famille.

RADULF.

Oui ; il y a là un maudit vent qui tourne toujours à la tempête... mais cela ne peut pas durer ; il faudra bien qu'il change, bon gré, mal gré, ou sinon...

SIWARD.

Que ferez-vous ?

RADULF.

Ce que nous ferons, morbleu ? Nous abattrons la girouette. Alors elle ne portera plus malheur.

SIWARD, *à part.*

Cet homme-là a des expressions qui ne sont qu'à lui. (*haut.*) C'est un parti violent.

RADULF.

J'aime beaucoup les partis violens : c'est le moyen d'en finir.

SIWARD.

Pour revenir à la fête...

RADULF.

C'est vous, sans doute, qui avez dissipé cet orage ? Vous êtes l'astre bienfaisant dont la bénigne influence...

SIWARD.

A éclairé M. le Baron et l'a ramené...

RADULF.

Ce n'est pas dans le bon chemin toujours, à moins que vous ne vous soyez trompé.

SIWARD.

Radulf aime à plaisanter.

RADULF.

Oui ! mais de par tous les diables, ce n'est ni avec vous, ni en parlant de vous.

SIWARD, *à part.*

Essayons de le gagner. (*haut.*) Je sais que vous êtes un digne serviteur, un ami précieux. Aussi, disais-je à M. le Baron, il n'y a qu'un moment, vous possédez dans Radulf, un homme rare, d'une probité...

RADULF.

Eh bien! j'aurais juré que vous ne vous y connaissiez pas!

SIWARD, *feignant de ne pas entendre.*

Il est juste de récompenser les services qu'il ne cesse de vous rendre... Il faut améliorer son sort, lui faire quelque présent...

RADULF.

Oui; vous avez raison. Puisque vous me mettez sur la voie, il faut que je vous dise ma pensée. Il peut m'en faire un auquel j'attacherais un prix inestimable.

SIWARD.

Et lequel? (*à part.*) Il est séduit. (*haut.*) Vous n'avez qu'à parler, je me charge de vous faire obtenir tout ce que vous désirerez.

RADULF.

Bien vrai?

SIWARD.

Je vous le jure, sur mon honneur!

RADULF.

Cela n'en vaut pas la peine.

SIWARD.

Pardonnez-moi.

RADULF.

Non. Si vous voulez m'obliger, dites-lui que le don le plus précieux qu'il puisse me faire...

SIWARD.

C'est?...

RADULF.

De chasser à jamais de sa maison un homme qui y sème le trouble et la discorde.

SIWARD.

De qui me parlez-vous?... Je ne connais pas...

RADULF.

Cela n'est pas étonnant. Un sage a dit : « que ce qu'il y a de plus difficile au monde, c'est de se connaître soi-même. »

SIWARD.

Radulf! oubliez-vous à qui vous parlez?

RADULF.

Au contraire; mon langage en est la preuve.

Le Précipice.   5

SIWARD.

Mon grade...

RADULF.

Est égal à celui que j'avais. Infâme hypocrite, tu as lassé ma patience et j'éclate à la fin. Depuis long-tems j'ai arraché ton masque. Je sais que cette enveloppe recèle l'ame hideuse d'un scélérat profond et consommé. Mais il est tems d'en finir. Abandonne, crois moi, ces ruses infernales. Sors enfin de ce labyrinthe où tu te réfugies sans cesse pour échapper aux regards clairvoyans. Je suis peu fait à ce genre de guerre. J'ai servi vingt-quatre ans, mais, morbleu ! j'avais mon ennemi en face. Combattons à visage découvert ; rends-toi digne au moins de périr de la main d'un honnête homme, et je me charge de ton affaire.

SIWARD.

Est-ce bien moi que l'on ose menacer ?

RADULF.

Toi-même.

CASIMIR, *en dehors.*

. M. Radulf ! M. Radulf !

SIWARD, *en mettant la main à son épée.*

Rends grace à l'arrivée de M. Blumm.

RADULF.

Je ne te crains pas. (*Il lui prend la main.*) Nous nous reverrons après la fête.

SCENE IV.

RADULF, CASIMIR, SIWARD.

CASIMIR, *traverse le fond de droite à gauche au-delà du ruisseau qui entoure la forge, et disparaît un moment pour rentrer par la droite.*)

Ah ! mon dieu ! quel bonheur ! M. Radulf, imaginez-vous que.. ah ! vous savez cela... Ma surprise de ce matin, cela m'a valu les arrêts... Mais M. Siward , que voilà, a obtenu notre grace, et j'en profite pour vous faire part d'une nouvelle surprise que j'ai imaginée , là , pendant que je ne pensais à rien... cela sera joli... terriblement joli !... j'ai ma surprise dans ma poche. Voici ce que c'est. (*Il lui parle bas.*) Pardon, M. Siward , je sais que cela n'est pas dans les règles de la stricte politesse ; mais c'est la circonstance de l'occasion qui se présente, et vous m'excuserez, j'en suis sûr... N'est-ce pas M. Radulf, que ce sera charmant ?

RADULF.

En effet, on peut essayer.

CASIMIR.

Essayer, c'est ce que j'ai pensé. Vous sentez bien que je ne veux pas y être pris deux fois. Je veux voir l'effet de ma surprise ;

je veux me surprendre le premier, pour que l'on ne m'envoie pas aux arrêts de rechef. On pourrait bien m'y laisser, et cela ne m'amuserait pas du tout : les arrêts ! je n'ai jamais plus d'envie de sortir, que quand on me le défend... C'est dans mon caractère !... J'aime singulièrement le fruit défendu. M. Radulf, voulez-vous ? tout de suite. pendant que M. Siward est là.. il s'y connaît lui.. il nous dira bien si ma surprise fera plaisir à M. le baron et à madame la baronne. Dépêchons-nous ; parce qu'elle vient, madame la baronne, je l'ai vue de loin avec le cher cousin et mademoiselle Edwige, les trois inséparables enfin. Ils ne tarderont pas.

RADULF.

Vous avez raison ; on peut profiter de la présence de monsieur ; donnez-moi ...

CASIMIR, *lui donnant un paquet assez gros, qu'il tire de sa poche.*

Voilà ce que c'est, M. Radulf ; voilà ce que c'est. Vous m'avez bien compris ?... arrangez cela comme il faut. (*Il lui parle bas.*)

RADULF.

Bon ! bon ! (*Il sort.*)

SCENE V.

CASIMIR, SIWARD.

CASIMIR.

Je vous demande pardon, si je ne vous mets pas dans la confidence ; mais il faut que vous soyez surprise. A propos de surprise, avez-vous eu la bonté de remettre à madame la baronne cette boîte ?...

SIWARD.

A l'instant même.

CASIMIR.

Je parie qu'elle a été surprise de la promptitude avec laquelle j'ai fait ma commission. Je ne connais personne qui fasse les commissions avec plus d'intelligence que moi. A propos d'intelligence, j'ai failli me rompre le cou en venant. Mon pied a rencontré la clavette de la bascule de ce vilain pont, qui est là haut entre les deux montagnes. Quelle idée aussi à M. le baron de conserver cette maudite machine !.. c'était une jolie invention dans le tems des anciennes guerres, parce qu'enfin on se défaisait de ses ennemis sans y toucher. Il me semble voir une troupe qui s'avance d'un pas assuré, ran, tan, plan !... Parvenus au milieu du pont, voilà la bascule qui joue, et crac !... mes gaillards disparus ! ils arrivent dans le torrent qui coule là bas... là bas !... au au fond du précipice... qui a plus de six cents pieds !... oh ! oh

(*Il frissonne.*) aussi je n'y pense pas sans frémir... M. le baron, qui est un homme raisonnable, devrait faire placer de chaque côté un garde-fou, de manière que quand nous passerions, vous ou moi, il n'y aurait plus de danger! Ah! voici M. Radulf.

SIWARD.

Dispensez-moi...

CASIMIR.

Du tout! du tout! il faut que vous jugiez ma surprise.

SCENE VI.

SIWARD, RADULF, CASIMIR, Ouvriers de la forge.

RADULF.

Allons, en place. (*Deux ouvriers se placent à chaque enclume, ils tiennent le marteau à la main.*)

CASIMIR.

Supposons que je suis madame la baronne et que j'arrive là, par le fond, vous allez voir le joli tableau. Avancez, madame la baronne. (*Il avance en faisant des minauderies..*) Là, bien, voilà ce que c'est.

RADULF.

Allons, à l'ouvrage.

(*Quand il est dans le milieu, les forgerons posent des barres de feu de manière à former un carré dans lequel Casimir est enfermé; puis ils prennent dans les fourneaux d'autres barreaux au bout desquels on a placé des fusées et sur lesquel ils frappent en mesure. Le feu jaillit de toutes parts.*)

CASIMIR.

Eh bien! que faites-vous? arrêtez! laissez-moi sortir.

RADULF.

Oh! bravo! bravo! oh! mon dieu, que c'est joli! le tableau est délicieux!

CASIMIR.

Mais, non, ce n'est pas cela.

RADULF.

Cela ne brûle pas, c'est de l'artifice de votre composition.

CASIMIR.

Bah! bah! c'est désagréable. (*Il ôte le feu qui est sur son habit.*)

RADULF.

Convenez qu'elle est jolie, votre surprise? Vous ne vous attendiez pas à cela?

UN OUVRIER, *au-delà du ruisseau.*

On aperçoit Madame la Baronne.

RADULF.

Et mes préparatifs qui ne sont pas finis. Vite, vite, tout le
monde... les caisses, les fleurs, les guirlandes... reculez les enclumes.

SIWARD.

Je reviendrai...

RADULF, *avec une ironie amère.*

Non... demeurez... j'ai du plaisir à vous voir. Allons, enfans, de l'activité; méritons un sourire de notre bonne mai-
tresse.

CASIMIR.

Je vais vous aider.

(*On apporte des caisses d'orangers, de lauriers-rose et de myrthes, que l'on
range de chaque coté de la forge. On attache des guirlandes en festons devant
et derrière les fourneaux, l'appentis, devant les enclumes et dans le fond,
le long du torrent. En un mot, ce lieu si triste se trouve métamorphosé en
un parterre émaillé des couleurs les plus brillantes et des plus fraiches.*)

Je crois que cette surprise-là vaut mieux que la mienne.

RADULF.

Ce n'est pas tout... Patience.

CASIMIR, *à part.*

Il faut que j'imagine encore quelque chose.

RADULF.

Voilà Madame. Garde à vous, enfans!... sous les armes. (*Les
ouvriers se rangent de chaque côté, tenant chacun leur marteau
sur l'épaule.*)

SCENE VII.

SIWARD, RADULF, HELGA, EDWIGE, ERIC, CASIMIR,
Ouvriers de la Forge, Paysans, Paysannes, Suite de la Baronne.

(*Helga parait triste.*)

EDWIGE.

Oh! ma sœur, que tout cela est joli!... Vois donc, Eric.

ERIC.

C'est l'ouvrage de notre ami Radulf... C'est à lui qu'est dû le
prix de cette journée.

HELGA, *lui serrant affectueusement la main.*

Bon Radulf! que ne puis-je vous récompenser...

RADULF.

Je le suis, Madame. Vous m'avez serré la main et vous m'avez
dit : Bon Radulf!... ces mots-là ont été droit à mon cœur.

EDWIGE.

Je n'aurais jamais imaginé que l'on pût transformer cet affreux désert en un séjour délicieux, et vous avez opéré cette métamorphose.

HELGA.

Où donc avez-vous trouvé cette quantité de fleurs rares en nos climats ?

RADULF.

On a quelques amis, Madame, parce que l'on ne refuse jamais de rendre service quand cela se présente. Pour lors, ces amis-là on les trouve dans l'occasion, et comme celle-ci est la plus heureuse que je puisse rencontrer, puisqu'il s'agit de rendre hommage à la meilleure des femmes, à la plus vertueuse des épouses, je les ai mis tous à contribution. Oh ! ma foi, s'ils m'avaient laissé faire, j'aurais vidé toutes les orangeries. Demain je leur rendrai tout cela... On fera bon feu la nuit... D'ailleurs, il fait chaud ici ; c'est ce que je disais tout-à-l'heure à Monsieur. (*Montrant Siward.*)

SIWARD, *à Eric.*

Je vous félicite bien sincèrement, M. d'Holberg, de ne vous être pas blessé dans cette terrible chûte. J'en frémis encore !

ERIC, *gaiment.*

Bah ! bah ! ce n'est rien que cela, si M. le Baron ne m'a pas vu.

HELGA.

Mais où donc est-il ? je ne le vois point.

RADULF.

Cependant la fête ne peut commencer sans lui.

SIWARD.

Madame, je vais le chercher.

HELGA, *l'arrête.*

Demeurez, je vous prie. Radulf, laissez nous seuls un moment.

CASIMIR, *bas à Eric.*

M. d'Holberg, permettez que je vous fasse part d'une nouvelle surprise que je ménage à Madame la Baronne. (*Il l'emmène dans le fond. Radulf montre à Edwige les embellissemens. Tout le monde s'éloigne.*)

SCENE VIII.

SIWARD, HELGA.

HELGA.

M. Siward, vous êtes sorti avec mon mari ; de grace, apprenez-

moi le motif qui a pu le porter à une action... que je n'ose quali-
fier... Depuis quelque tems, tout est bisarre, extraordinaire dans
sa conduite. Mais je veux avoir avec lui un entretien qui rende le
calme à son âme et à la mienne

SIWARD, à part.

Je saurai bien l'empêcher.

HELGA.

Où puis-je le trouver ?.. Conduisez-moi vers lui...

SIWARD.

Si vous daignez accorder quelque confiance aux conseils d'un
ami sincère, retardez jusqu'à demain cette explication. Dans la
situation d'esprit où se trouve votre époux, elle aurait peut-être
aujourd'hui un éclat que vous vous repentiriez trop tard d'avoir
provoqué. Croyez-moi, n'opposez pas la moindre résistance à ses
désirs. Il veut que le jeune d'Holberg parte pour Frédéric-Stadt
ce soir.

HELGA.

Ce soir !...

SIWARD.

Après la fête.

HELGA.

Il faut alors que je fasse prévenir mon oncle pour qu'il accélère
sa visite. Convenez-en, M. Siward, il serait bien cruel pour ce
bon père, qui revient de cinq mille lieues pour embrasser son fils,
de ne plus le trouver à son arrivée.

SIWARD.

N'ayez aucune crainte, la présence du comte d'Holberg chan-
gera tout. C'est d'après cette intime persuasion que je vous engage
à ne rien brusquer. Voyez Eric, ayez avec lui seul une conversation dans laquelle vous le disposerez à une obéissance aveugle aux
volontés de M. le Baron. Il faut vous attendre à quelque résistance,
à des larmes; mais votre voix douce et persuasive, quelque marques d'affection, et surtout ce portrait que vous lui destinez, le
ramèneront bientôt à la soumission qu'il doit à son chef. Cependant,
si vous le desirez, j'irai de votre part trouver M. le comte
d'Holberg, et l'engager à se rendre chez vous, deux heures plutôt qu'il ne l'avait annoncé.

HELGA.

Ce sera mettre le comble aux obligations que je vous ai déjà.

UN OUVRIER, accourant.

Au secours! au secours !... M. Casimir vient de lâcher l'écluse du
torrent.

SCENE IX.

SIWARD, RADULF, HELGA, EDWIGE, ERIC, Paysans, Paysannes, Ouvriers de la Forge.

RADULF, *entre en riant.*

Allons ! encore une surprise ! il faut convenir que ce jeune homme n'est pas heureux dans ses conceptions... Courons arrêter les progrès de cette maladresse ; car il n'y va rien moins que d'inonder la forge. Je vous demande pardon, Madame, de ce petit incident, qui nous force à vous quitter.

EDWIGE.

Est-ce qu'il y a du danger ?

RADULF.

Non, non ; ne craignez rien. (*Radulf sort, suivi de tous les Ouvriers et Paysans.*)

SIWARD, *à part*

Allons retrouver le Baron et accélérer l'exécution de mes projets. (*Il sort par la droite.*)

HELGA.

Eric, j'ai à te parler ; demeure.

SCENE X.

'EDWIGE, HELGA, ERIC.

EDWIGE.

Et moi aussi, n'est-ce pas, ma sœur ? Tu ne peux avoir de secret à communiquer à mon cousin, que je ne le partage. Entendez-vous, Monsieur ? je veux avoir toujours la moitié de vos secrets.

ERIC.

Je ferai mieux, je te promets de n'en avoir jamais pour toi.

HELGA.

Ecoute-moi, Eric. La manière distinguée avec laquelle tu as répondu aux soins vraiment paternels que M. le Baron s'est donnés pour former ton esprit et ton cœur, a stimulé son ambition. Il se nourrit d'avance de la gloire de son élève, et des récompenses que doivent lui faire obtenir, dans la suite, ses talens et sa valeur. Il veut pouvoir s'énorgueillir un jour de son ouvrage, et mériter la reconnaissance de ton père, lorsqu'il lui présentera, dans un officier chéri de son roi et justement honoré de son pays, l'enfant qu'il confia jadis à ses soins. Ces motifs sont trop généreux, trop louables, pour que tu n'en sois pas profondément touché. Mais j'ai dû craindre de contrarier les vues de mon mari, en lui confiant le secret d'un amour, dont je n'ai pu moi-même acquérir la certitude que depuis fort peu de tems.

EDWIGE.

Il est vrai que, jusqu'à l'âge de quinze ans, je croyais n'avoir pour mon cousin que de l'amitié.

ERIC.

Et moi aussi.

HELGA.

Aimables enfans, sans vouloir séparer vos cœurs, puisque vous êtes destinés l'un à l'autre, je dois vous dire que vous êtes trop jeunes pour former un lien, qui s'oppose souvent à ce qu'un homme remplisse sa tâche dans le monde. Eric a des devoirs...

EDWIGE.

Il les remplira très-bien ici, n'est-ce pas mon cousin? on n'a qu'à nous marier.

HELGA.

Il n'a que dix-huit ans. L'honneur, son nom et le vœu de son père l'appellent pour quelque tems à la Cour. C'est dans l'intention de hâter ce départ nécessaire, que M. le Baron l'a nommé sous-lieutenant.

EDWIGE.

Là, Monsieur, vous étiez si fier ce matin de votre sous-lieutenance ! Je n'ai pas d'ambition, moi; j'aimerais mieux qu'il restât cadet toute sa vie, que de s'éloigner un seul jour.

HELGA.

Loin de penser ainsi, tu devrais lui donner du courage, affermir sa résolution chancelante. Tu me fais repentir de t'avoir admise à cet entretien.

EDWIGE.

Eh bien! je ne m'en mêle plus. Dites tout ce que vous voudrez, je ne répondrai à rien. Mais vous me permettrez bien de pleurer, peut-être ?... c'est plus fort que moi. (*Elle va s'asseoir sur un banc entre des caisses d'orangers à gauche, puis elle se met à pleurer et essuie ses larmes avec la pointe du mouchoir des Indes qui lui sert de ceinture.*)

HELGA.

Tu es un enfant. Eric, au moins je l'espère, aura plus de force et de raison. Mon ami, M. le Baron exige que tu partes ce soir.

ERIC, *(très-ému, mais se contenant.)*

Ce soir ! c'est bien prompt.

HELGA.

Tu en aurais reçu l'ordre plutôt, s'il n'avait voulu te laisser le plaisir de contribuer à ma fête. Je t'en préviens, sans qu'il le sache, pour t'habituer d'avance à l'idée de cette séparation et te rendre assez maître de toi, pour ne montrer à ton colonel ni surprise, ni répugnance lorsqu'il te donnera cet ordre qui m'afflige autant que vous, mais dont je me console par la pensée de ton avenir.

ERIC.

Pensez-vous aussi à ce qu'il m'en coûtera pour me séparer de vous ? ah ! ma cousine, quel coup vous m'avez porté !

HELGA.

Du courage, mon ami. Quelque incident imprévu retardera peut-être ce départ qui nous desespère.

ERIC.

Oh ! j'en aurai ; je vous promets d'obéir sans murmure aux ordres de M. le baron, mais au premier combat je me ferai tuer.

EDWIGE.

Eric, vous voulez donc me faire mourir ? prenez-y garde, d'abord, car je vous promets que je ne vous survivrai pas une minute... (*Elle sanglotte.*)

HELGA.

Consolez-vous, mes enfans. J'ai songé à tout, je n'ai pas voulu que vous fussiez entièrement séparés.

EDWIGE.

Cent lieues, ou l'univers, c'est à-peu-près la même chose.

HELGA.

Jeune chevalier, mets un genou en terre, et jure, en recevant ce gage d'amour, d'être toujours fidèle à dieu, à l'honneur et à celle qui doit être ton epouse.

ERIC.

Je le jure !

EDWIGE.

Répétez, monsieur, en toutes lettres.

ERIC.

De tout mon cœur ! je jure d'être toujours fidèle à dieu, à l'honneur et à ma bien aimée Edwige. (*Helga lui passe au cou une chaîne à laquelle est attaché un portrait, et lui donne un baiser sur le front.*)

HELGA.

O mon dieu ! protège ces aimables enfans.

SCENE XI.

EDWIGE, SIWARD, LE BARON, ERIC, HELGA.

(Dans le moment où Helga embrasse Eric, le Baron paraît dans le fond. Dans sa fureur, il fait un mouvement pour s'élancer sur ceux qu'il présume cou-

pables : mais Siward le retient et l'entraine par la gauche. Ceci a lieu pendant la courte invocation que font les trois personnages ;qui sont en avant.
Le Baron ne peut appercevoir Edwige, cachée par les caisses d'arbustes.)

SCENE XII.

EDWIGE, ERIC, HELGA.

HELGA.

Edwige , embrasse ton cousin.

EDWIGE.

Je ne demande pas mieux. (*Elle se lève et vient embrasser Eric.*).
Eh ! mais , c'est mon portrait que tu lui as donné.

ERIC.

Ton portrait !... (*Il le baise*). (*A Helga.*) O ma seconde
mère !..

EDWIGE.

Il est bien heureux ! il me verra tous les jours, à chaque instant ! et moi, qu'aurai-je donc , pour me consoler de son absence ?

HELGA.

La petite boîte que j'ai déposée ce matin dans ma cassette.
Je ne croyais pas te la donner sitôt.

EDWIGE.

Comment, ma sœur, est-ce que cette petite boîte - là... ren-
fermerait ?...

HELGA.

Le portrait d'Eric ?.. oui, mon enfant.

EDWIGE.

Oh ! bonne sœur ! que tu es aimable !... (*Elle lui saute au
col et l'embrasse à plusieurs reprises.*) Ecoute, Eric, tous les ma-
tins , en m'éveillant, mon premier soin sera de te regarder et de
te demander si tu m'aimes toujours... qu'est-ce que vous me
répondrez, monsieur ?

ERIC.

Toujours ! toujours !

EDWIGE.

A la bonne heure !... (*Sa figure s'anime , elle essuie ses
larmes.*) Cela me console un peu.

ERIC.

Chère Helga ; voulez-vous me permettre d'aspirer encore à une
autre faveur?

HELGA.

Laquelle ?

ERIC.

Cette ceinture qu'Edwige a mouillée de ses larmes, et qui vient
de mon père, me serait doublement précieuse. Je la porterais
sur mon cœur afin de le conserver toujours pur comme l'innocence qui me l'aurait donnée; elle me servirait d'écharpe dans
les combats, me consolerait dans mes chagrins et serait un sûr
talisman contre le malheur et l'inconstance.

EDWIGE.

L'inconstance! il faut la lui donner, ma sœur. Tiens, Eric,
garde-la bien précieusement. (*Elle lui donne sa ceinture, qu'Eric
baise et qu'il cache dans son sein.*) Bonne sœur, donne-moi la
tienne, je porterai les mêmes couleurs que lui.

HELGA.

Il faut te satisfaire. (*Elle donne sa ceinture à Edwige, qui l'attache autour d'elle.*) (à part.) Trop heureux de calmer à si
peu de frais leur douleur. (*On entend, en dehors, des cris et
des chants qui annoncent le retour des ouvriers et des paysannes.*)
Un vient! allons; effacez, s'il se peut, jusqu'au souvenir de notre
conversation.

SCENE XIII.

SIWARD, LE BARON, CASIMIR, RADULF, ERIC, HELGA,
EDWIGE, Ouvriers, Paysans, Paysannes.

RADULF.

Heureusement tout est réparé. Si M. le baron et madame
la baronne veulent bien me le permettre, je vais leur donner un
echantillon de mon talent pour les surprises.

CASIMIR.

Vous êtes plus fort que moi; je m'avoue vaincu.

(On se place: savoir: le Baron, Siward, Radulf, Casimir, à gauche; Eric,
Helga et Edwige à droite. Les Ouvriers et les Paysannes exécutent des danses
du pays, puis, à un signal de Radulf on apporte une petite forge, de
laquelle sortent des amours travestis en forgerons.)

Oh! M. Radulf!... oh! qu'ils sont gentils ces petits amours!
mais ne craignez-vous pas qu'ils s'enrhument! ce serait dommage.

RADULF.

Nous avons pris nos précautions. Allons, mes petits amis, exécutez
ce que je vous ai appris. (*Les amours font divers mouvemens,
et dansent en forgeant des morceaux de fer, d'où sortent des roses.
Un amour plus petit que les autres sort de l'enclume, ramasse les*

roses, et en forme une couronna, dont il vient faire hommage à Helga.)

ED WIGE.

A notre tour, mon cousin, c'est le moment de chanter la romance que tu as composée.

ERIC.

Très-volontiers.

EDWIGE.

J'ai fait apporter ma harpe. (*Un domestique la lui présente.*)

LE BARON, *se levant avec impatience.*

Je connais cette romance. Le motif me déplait.

RADULF, *à Eric, qui parait interdit.*

Eh bien, chantez ce rondel antique, intitulé : *Les Adieux d'un Barde.*

LE BARON.

Cela convient beaucoup mieux à la circonstance.

SIWARD.

Oui, ces montagnes ont jadis retenti plus d'une fois de leurs chants amoureux ou guerriers.

CASIMIR.

Il ne vous manque rien pour cela Vous voilà comme un troubadour; vous avez la harpe et jusqu'à l'écharpe. (*Il montre un bout de la ceinture qui sort du sein d'Eric. Celui-ci le cache vivement.*)

LE BARON, *bas à Siward.*

D'où lui vient cette écharpe ?

SIWARD, *bas au baron.*

Mad. la Baronne n'a plus sa ceinture.

LE BARON, *de même.*

Quel excès d'impudence !..

SIWARD, *de même.*

Modérez-vous.

ERIC *chante avec une expression fort tendre .Son émotion croit à chaque couplet, jusqu'à verser des larmes au troisième.*

Rondel.

Tendre Selma , laisse couler tes larmes:
L'echo des monts n'entendra plus ma voix;
Pour le combat , j'ai revetu mes armes;
Je chante hélas ! pour la derniere fois:
    Adieu Selma !

Le vent mugit à travers le feuillage ;
L'astre des nuits se dérobe à mes yeux ,
J'entends l'oiseau de sinistre présage
Me dire, hélas ! fais tes derniers adieux !
Adieu Selma !

Si je péris sur de lointains rivages,
Triste jouet du fougueux élément ,
Vers-l'occident contemple les nuages,
Tu reverras l'ombre de ton amant !
Adieu Selma !

LE BARON, *qui ne s'est contenu qu'avec peine.*

C'est assez.... il est tems de retourner à la ville.

HELGA.

Suivez-nous, mes amis; je veux que vous preniez part à la fête que j'ai fait préparer à mon tour. Un banquet vous attend selon l'usage de chaque année. Je n'ai garde d'y déroger, lorsque je viens de recevoir de vous tant de marques flatteuses d'attachement et de zèle. *(Elle sort par la droite, accompagnée d'Eric, de Casimir, d'Edwige et de Radulf, à la tête de tout son monde, qui la suit en dansant.)*

SCENE XIV.

SIWARD, LE BARON.

LE BARON, *hors de lui.*

Leur mort est résolue. C'en est fait ; Helga n'est plus rien pour moi. Je suis trahi... je n'existe plus que pour me venger.

SIWARD.

Reprenez votre raison.

LE BARON.

Femme perfide ! va, tu as comblé la mesure !

SIWARD.

Ce ne sont encore là que des indices.

LE BARON.

Quelle autre preuve pourrais-je désirer ? ce portrait ! cette lettre ! un baiser ! sa ceinture !

SIWARD.

Il se peut encore qu'elle soit innocente.

LE BARON.

Et toi aussi, tu voudrais me tromper ? innocente ! ose me dire, dans la sincérité de ton âme, qu'ils sont innocens, et je te croirai... eh bien ? tu te tais... tu crains de proférer un parjure, un blasphème ! les misérables ! que ne puis-je leur ôter mille fois la vie ! une seule est trop peu pour satisfaire mon honneur outragé. Siward, je me sens enfin délivré de mon fol amour! il est évanoui. O vengeance! sors de ton antre fatal, et viens remplir mon âme tout entière.

SIWARD.

Modérez-vous.

LE BARON, *avec attendrissement.*

Helga!.. toi, pour qui j'aurais donné ma vie, se peut-il que tu aies payé l'amour le plus tendre par une aussi lâche perfidie? Tes regards si doux ne m'attiraient donc que pour me rendre ta victime! mais je l'éprouve aujourd'hui, l'amour le plus violent est celui qui touche davantage à la plus terrible haine. Ami, je ne veux plus la voir. Je craindrais que mon âme subjuguée par l'ascendant de cette fatale beauté, ne demeurât sans force à son aspect. Je te donnerai mes instructions : qu'elle parte demain... cette nuit... après cette horrible fête... qu'elle aille au-delà des mers ensevelir, s'il se peut, ma honte et ses remords.

SIWARD.

Mais Eric ?..

LE BARON.

Son sort est décidé... C'est ici...ici, qu'il périra. Ce soir à huit heures, il aura cessé de vivre. Va, fais venir Radulf.

SIWARD.

Il s'approche.

LE BARON.

Laisse-nous.

(Siward sort en affectant une contenance triste et morne; mais il témoigne sa joie quand Radulf ne le voit point.)

SCENE XV.

LE BARON, RADULF.

RADULF, *à part, en regardant Siward.*

Comme il a l'air abattu!. Tant mieux! c'est la preuve que son crédit baisse.. Monsieur le Baron, tout le monde vous attend.

(Le Baron, qui s'est promené à grands pas, s'arrête en voyant Radulf : vient à lui, le prend par la main, l'amène au devant de la scène, et lui parle, en s'efforçant de cacher son émotion.)

LE BARON.

Je te permets d'emmener à Konsberg tous les ouvriers de la forge. (*Avec un accent sinistre.*) il est juste que chacun ait la part qu'il mérite dans cette journée.. Ainsi, tu m'entends; ce soir il ne restera personne ici. Seulement tu partiras le dernier, à sept heures, quand la nuit sera venue. En traversant le pont qui est au-dessus du précipice, tu retireras la clavette de la bascule.

RADULF, *avec effroi.*

Pourquoi faire?

LE BARON.

J'ai pour cela des raisons que je ne veux et ne puis te dire...
obéis aveuglément, c'est ton maître, ton chef qui te l'ordonne.
N'oublie pas qu'il y va de ta tete si tu trahis ma confiance ou ma
volonté.

(Il sort par la droite : Radulf veut le suivre, comme pour lui demander l'explication de l'ordre qu'il vient de recevoir. Le Baron se retourne avec un air
sévère. Radulf reste stupéfait à la même place.

SCENE XVI.

Ouvriers de la Forge, ERIC, EDWIGE, HELGA, CASIMIR,
Paysannes, SIWARD, puis le BARON, dans le fond, et
RADULF à l'avant-scène.

(On voit le joyeux cortége de la Baronne traverser le fond de droite à gauche :
en dansant au son des instrumens. Le Baron passe le dernier et renouvelle
de loin ses ordres à Radulf, en lui montrant le pont. Radulf pensif et décon-
certé promet d'obéir.)

Fin du second acte.

·ACTE III.

Le théâtre représente une salle basse, chez le baron d'Urhfeld. Dans le fond est une horloge de bois. A travers les deux grandes croisées qui occupent tout le fond, on aperçoit un site âpre et montueux, garni de distance en distance par des mélèzes et des bouleaux. A la distance d'un quart de lieue, que l'on rendra sensible par la dégradation des tons et un rideau de gaze, on voit le précipice et le pont à bascule qui est dessus : ce pont doit être à une hauteur prodigieuse. Deux portes latérales ; celle de droite conduit à l'appartement du baron, et celle de gauche à celui de la baronne.

SCENE PREMIERE.

LE BARON, *seul.*

(Au lever du rideau, le baron est debout devant l'horloge, qu'il regarde fixement, et qui marque sept heures et demie.)

A huit heures, je serai vengé! Eric aura subi la juste punition de sa témérité. Il a reçu sans le moindre murmure l'ordre que je lui ai donné de partir ce soir, pendant la fête. Je m'attendais à de la resistance, à des plaintes... sa soumission m'a presque desarmé; j'allais pardonner, peut-être, quand le souvenir de mon outrage, s'offrant à ma pensée avec de nouvelles couleurs, a fermé tout-à-fait mon âme à la pitié! honteux de ma faiblesse, je lui ai dit en fremissant d'aller de suite à la forge, afin de savoir quel motif avait empeché Radulf de nous suivre à la ville. Son premier pas sur le pont sera son entrée dans la tombe. Un précipice immense, un gouffre sans fond, va pour jamais ensevelir son crime et mon injure. Fatal honneur! à quelles extrémités tu nous portes! ce que tu exiges de moi comme un devoir, me semble un forfait inoui, épouvantable!... Ah! je le sens aux tourmens que j'éprouve, ce cœur est fait pour aimer et non jamais pour punir. On vient... c'est lui!... évitons-le, je n'aurais pas la force de supporter sa présence. (*Il rentre dans son appartement.*)

SCENE II.

ERIC, dans le fond, puis LE BARON.

ERIC.

Avant de quitter pour bien long-tems peut-être cette maison hospitalière, que ma reconnaissance a presque nommée le toît paternel, je me sens entraîné par un sentiment religieux vers les êtres bienfaisans qui ont pris soin de ma jeunesse, et que je dois regarder à juste titre comme les seconds auteurs de mes jours. (*Le Luron entr'ouvre la porte et paraît attendri.*) Au défaut de leur bénédiction, que je ne puis recevoir, puisque M. le Baron exige que mon départ soit un secret pour tout autre que pour lui, je viens près des lieux qu'ils habitent épancher librement mon cœur, et leur adresser, pour la dernière fois, mon honneur et mes vœux. (*Il s'avance vers l'appartement du baron, et s'incline respectueusement.*) Mon digne bienfaiteur, j'ignore par quelle faute j'ai provoqué votre sévérite; si je la connaissais, j'en subirais la peine avec moins de regret; mais vous ordonnez, et j'obéis aveuglement à celui qui me tient lieu de père. Puisse ma soumission m'obtenir bientôt le retour de vos bontés et d'une affection sans laquelle je ne puis vivre! Adieu... que votre bénédiction me suive et m'accompagne dans la nouvelle carrière qui va s'ouvrir devant moi. (*Il va se mettre à genoux devant la porte opposée.*)

LE BARON, *sortant de son appartement, avec émotion et à part.*

Non... on n'est point criminel avec un accent aussi doux. Ah! pardonnons.. (*Il aperçoit Eric dans l'attitude que l'on vient de décrire.*) Que vois-je?... à genoux devant l'appartement d'Helga! (*Il change de sentiment; la jalousie rentre dans son ame, et étouffe le bon mouvement qui l'avait ramené; il referme la porte sur lui.*)

ERIC, *avec la plus profonde sensibilite.*

O vous que j'aime et dont la bonté touchante a couvert de fleurs mes premiers pas dans le chemin de la vie, recevez les tendres adieux d'un enfant au désespoir. Un ordre barbare me force à m'eloigner de vous; mais quelle que soit la distance, nos cœurs ne seront point separés: le mien est à vous pour jamais. Si je ne dois plus vous revoir, du moins j'emporterai dans la tombe et mon sincère amour et les précieux gages de votre affection. (*Il se relève, baise le portrait et la ceinture, essuie quelques larmes, et s'eloigne.*)

SCÈNE III.

LE BARON, *sortant de son appartement avec une rage concentrée.*

Oui; tu les emporteras dans la tombe!.. insensé que j'étais! sa voix touchante avait perdu mon ame... j'allais me laisser fléchir!.. repoussons une indigne faiblesse... non, non; qu'il périsse, le traître qui a pu si lâchement oublier ce qu'il devait à la reconnaissance. (*Il regarde l'horloge, où le marque huit heures moins vingt minutes.*) Encore vingt minutes, et j'aurai satisfait à ce qu'exigeait l'honneur.

(Il revient au devant de la scène dans l'attitude d'un homme absorbé par des reflexions penibles.)

SCENE IV.

LE BARON, CASIMIR.

CASIMIR, *dans le fond; il entre en sautant.*

Mon Dieu! comme ils seront surpris! c'est une idée excellente qui m'est venue là.

LE BARON, *sortant de sa rêverie.*

Qu'est-ce?

CASIMIR, *intimide.*

C'est moi, colonel.

(Le baron, tourmenté par ses pensées douloureuses, cache sa tête dans ses mains, et entre dans l'appartement de la baronne.)

SCENE V.

CASIMIR, *seul.*

Il n'a pas l'air trop gai pour assister à un banquet. Tant pis: cela ne nous empêchera pas de nous livrer à l'aimable hilarité qui fait la base de notre caractère. Les chefs sont tous de même ; ils croiraient compromettre leur dignité en riant avec les subalternes. Il est vrai que je ne suis qu'un cadet. Patience! quelque jour, peut-être, je serai colonel. Eh bien! si cela devait m'empêcher de rire, je suis sûr que j'en pleurerais. Dépêchons-nous d'executer notre surprise. Pour celle-là, elle est jolie, et fera plaisir à tout le monde. C'est à dix heures que l'on doit ouvrir le bal... puis après le banquet.. Moi, je trouve le tems long... encore deux grandes heures!.. Je suis sûr que mon camarade Eric et la gentille Edwige ont la même impatience que moi. Il m'est venu dans la tête d'avancer l'horloge d'une heure; dans le brouhaha des preparatifs, personne ne s'en apercevra, d'autant plus qu'il n'y en a pas d'autre dans la maison, ni même dans le quartier. C'est un meuble rare dans ce pays-ci... c'est autant de gagné pour le plaisir. (*Il avance l'horloge d'une heure: c'est-à-dire, qu'il la met à neuf heures moins un quart, sans que l'on entende sonner. Le cadran doit être grand et les chiffres très-apparens, pour que l'on puisse bien les voir de toutes les parties de la salle.*) Oh! c'est

une bien bonne idée que j'ai eue là. Sans faire semblant de rien, je
vais envoyer par ici quelques gens de la maison, pour savoir
l'heure qu'il est. On est bien heureux d'être né avec un génie inventif!
Ah! voilà M. Rabat joie.

SCENE VI.

SIWARD, CASIMIR.

SIWARD.

Eh bien! mon cher Casimir?

CASIMIR, *à part.*

Mon cher Casimir! je ne l'ai jamais vu si poli!

SIWARD.

Comment vont les apprêts?

CASIMIR.

Cela va bien, M. Siward.

SIWARD.

Vous allez bientôt danser?

CASIMIR.

Bientôt, dieu merci! car les jambes me démangent... Mais nous
n'attendrons pas long-tems. (*avec affectation.*) Il est neuf heures
moins un quart; ainsi... (*à part.*) en voilà déjà un à qui j'ai dit
l'heure.

SIWARD, *à part.*

Il semble que la marche du tems soit d'accord avec mon impatience.. Ce soir, à huit heures, Éric aura cessé de vivre, m'a
dit le Baron, quand nous nous sommes séparés à la forge... J'i-
gnore quel moyen il aura pris; mais tous mes vœux sont comblés,
et me voilà délivré pour jamais d'un rival odieux et redoutable.

CASIMIR, *à part.*

Pendant qu'il marmotte, là, tout seul... moi, je m'en vais.

SIWARD.

Savez-vous où est le jeune d'Holberg?

CASIMIR.

Il est allé aux forges pour faire une commission que lui a donné
le colonel.

SIWARD.

A quelle heure est-il parti?

CASIMIR.

A sept heures et demie.

(53)

SIWARD, *à part.*

C'est cela. (*haut.*) Et Monsieur le Baron?

CASIMIR.

Vient d'entrer dans l'appartement de Madame la Baronne.

SIWARD.

Il suffit (*à part*) Je cours d'abord aux forges m'assurer de l'é-
vénement, puis je reviendrai chez le comte d'Holberg, pour le
ramener ici, suivant l'intention et le desir de la Baronne. Hâ-
tons-nous!... Le rendez-vous est à dix heures, je n'ai pas un instant à perdre. (*haut.*) Je vous remercie, M. Blumm. (*Il sort preci-
pitamment du côté où est sorti Eric.*)

SCENE VII.

CASIMIR.

Je ne sais pas si c'est le banquet ou le bal qui leur tourne la tête,
mais ils sont tous comme des fous. Vraiment il n'y a que moi qui
conserve dans tout cela du sang froid et de la raison... aussi, je
me possède, je brille, j'imagine et j'exécute des surprises... En
voilà au moins six aujourd'hui. L'état de l'atmosphère annonce
pour ce soir une aurore boréale, je profiterai de la présence de
ce phénomène pour attirer la danse sur l'esplanade qui est là-bas,
à gauche, en face du précipice...

SCENE VIII.

LE BARON, CASIMIR.

LE BARON, *sortant de chez Helga avec beaucoup d'agi-
tation.*

Elle n'y est pas!... (*à Casimir.*) Encore ici?

CASIMIR.

Non, mon colonel; je n'y suis plus. (*Il se sauve.*)

LE BARON.

Casimir?

CASIMIR.

Mon colonel?

LE BARON.

Si vous rencontrez Madame la Baronne, dites-lui que je desire lui
parler.

CASIMIR.

Oui, colonel ; mais je n'irai pas loin pour vous satisfaire. Madame s'avance.

LE BARON.

Laissez-nous.

CASIMIR, *à part.*

Je ne demande pas mieux. Allons rassembler les musiciens. (*Il sort et salue Helga en passant.*)

SCÈNE IX.

HELGA, LE BARON.

HELGA, *avec une douceur angélique, et le calme parfait que donne l'innocence.*

Mon ami, savez-vous où est Éric ?

LE BARON.

Oui, je le sais.

HELGA.

Je le cherche partout.

LE BARON.

C'est inutile ; vous ne le trouverez pas.

HELGA.

Qu'est-ce donc qui vous agite ! mon ami, vous n'êtes pas bien.

LE BARON, *la repoussant.*

Laissez-moi.

HELGA.

Gustave, vous ne m'aimez plus.

LE BARON.

Pourquoi le croyez-vous ?

HELGA.

Si vous m'aimiez, je connaîtrais toutes vos pensées, surtout celles qui depuis quelque tems égarent votre imagination et vous tourmentent si cruellement.

LE BARON.

Vous saurez tout... bientôt.

HELGA.

Pourquoi pas à présent ?... Vous pâlissez !... vos regards m'effrayent ! Gustave, ne suis-je donc plus ton Helga ? n'ai-je donc plus de droits à ta confiance ?

LE BARON.

Vous réclamez vos droits ! vous ?..

HELGA.

Je n'exige rien... mais si tu as pitié de moi, tu ne me laisseras pas plus long-tems en proie aux cruelles angoisses que j'éprouve. Je connaîtrai tes peines, je les partagerai ; je les adoucirai!

LE BARON.

Vous ? ah! laissez-moi... je veux être seul... toujours seul !

HELGA.

Non, je ne quitterai pas dans cet état. Gustave, au nom de notre amour!...

LE BARON, avec une ironie amère.

J'ai cru que vous l'aviez oublié.

HELGA.

Je m'attache à toi... Parle, Gustave, je t'en conjure!

LE BARON.

La plainte déshonore, quand le crime est avéré

HELGA.

De quel crime parlez-vous?

LE BARON.

Feignez de l'ignorer, femme hypocrite et dissimulée!...

HELGA, tombant à genoux et levant les mains au ciel.

O mon Dieu! c'est moi qu'il accuse!... Est-ce ainsi qu'il traite une épouse aimante et fidèle?

LE BARON.

Toi, fidèle!... Ne t'avilis point par un mensonge inutile. Jure, si tu l'oses, que tu m'as été fidèle.

HELGA.

Je le jure... Ah! le ciel sait si j'ai porté jamais la plus légère atteinte à la foi que je t'ai promise.

LE BARON.

Le ciel punira ton parjure et ta criminelle passion pour Eric.

HELGA.

Pour Eric !... Si j'avais pu méconnaître mes devoirs et ma dignité jusqu'à brûler pour un autre, croyez-vous que j'eusse choisi l'amant de ma sœur?

LE BARON.

Vain subterfuge !... J'ai vu vos signes d'intelligence.

HELGA.

Un amour défendu est ordinairement accompagné de prudence, et je ne me suis cachée de personne. Vous seul ici ignorez ce dont moi-même je n'ai acquis la certitude que depuis un mois. Ldwige et Eric s'aiment, et je n'ai pas cru devoir m'y opposer.

LE BARON.

Je vous croirais peut-être si je pouvais récuser le témoignage de mes yeux. Mais j'ai vu les preuves de mon déshonneur. La ceinture cachée dans son sein...

HELGA.

Est celle d'Edwige, qu'il a désirée ; elle l'a lui a donnée comme un gage d'amour, et je l'ai remplacée par la mienne.

LE BARON.

Je vous ai vu l'embrasser à la forge.

HELGA.

Ma sœur était présente ; c'était un baiser d'adieu. D'après le conseil de M. Siward, je venais d'annoncer à ce pauvre enfant le parti que vous avez pris de l'éloigner, et l'exhortais à l'obéissance qu'il vous doit comme à un père.

LE BARON.

Son portrait que j'ai trouvé dans votre cassette ?

HELGA.

M'a été remis ce matin par M. Siward.

LE BARON.

Siward, dites-vous ?

HELGA.

Il sait que je le destinais à Edwige, en échange du sien que j'ai donné à Eric, pour le consoler de l'absence à laquelle vous le condamnez.

LE BARON.

Son nom gravé au-dessous du vôtre sur l'écorce de cet arbre que j'ai fait abattre....

HELGA.

Y a été mis par un autre. Quel eût été le motif de cette criminelle audace ? mon nom seul y était, je le jure, lorsqu'Eric est monté sur l'arbre.

LE BARON.

Mais enfin, cette lettre que vous avez couverte de baisers ?

HELGA.

Est de mon oncle ; il est arrivé !... M. Siward était présent à la lecture que j'en ai faite. La voilà !

LE BARON, *après avoir jeté un coup-d'œil sur la lettre.*

Oh ! quel affreux dédale !... quel épouvantable chaos !... il me semble que la terre va s'entr'ouvrir sous mes pas. Qu'ai-je fait, malheureux ?... On m'a trompé, je le vois. Je te croyais la plus coupable des épouses, et c'est moi qui suis digne du dernier supplice.

HELGA, *épouvantée.*

Que dites-vous?

LE BARON, *en délire.*

Exécrable jalousie!

HELGA.

Je meurs d'effroi!... par grace, où est Eric?

LE BARON, *tout-à-fait égaré.*

Eric... Quel nom ai-je entendu? que me demandez-vous?... suis-je donc un Dieu? ai-je le pouvoir de ressusciter les morts?

HELGA.

Qu'entends-je? ô ciel!... expliquez-vous? où est-il? courons!...

LE BARON.

Il est trop tard.

HELGA.

Où le trouverons nous?

LE BARON. *montrant le précipice.*

Au fond du précipice, où ma rage l'a fait plonger. (*Il sort un moment : on entend prononcer en dehors ces mots d'une voix forte.*) Sonnez la cloche d'alarme... Que tout le monde courre aux forges, et dise que je rétracte l'ordre que j'ai donné à Radulf.

(On sonne une espèce de beffroi. A la lueur de l'aurore boréale qui a paru pendant cette scène, on voit un individu (rapetissé en raison de la distance) traverser la montagne.

HELGA, *regardant vers le fond.*

Je crois l'apercevoir... ô ciel! c'est lui!... arrête Eric!... il ne m'entend pas!... Malheureux! ne va pas plus loin...

(L'individu, à qi la distance ne permet pas d'entendre, passe sur le pont, et tombe, par le jeu de la bascule, au fond du précipice).

HELGA *pousse un cri perçant et tombe sur un siége.*

Ha!..

LE BARON *rentre et accourt près d'Helga.*

Qu'avez-vous, Helga?

HELGA *montrant le fond, et avec un désespoir concentré.*

Il n'est plus!

LE BARON *à la cantonnade.*

Cessez ce bruit affreux, chaque coup retentit au fond de mon ame et la brise. Infâme Siward!... c'est toi qui m'as entraîné dans cet abime épouvantable! tu m'as abreuvé de mensonges et de calomnies!... mais tu porteras la peine due à ton forfait. Je ne demande plus au ciel que de vivre assez long-tems pour te punir. Eric! infortuné!... tu peris de la main de ton ami! c'est ton second père qui t'a plongé dans le cercueil!... ô funeste effet des passions!... voilà donc où vous conduisez l'homme jusqu'alors irréprochable; vous le rendez l'égal des plus grands crimiminels!...

SCENE X.

LE BARON, EDWIGE, LE COMTE DOLBERG, HELGA.

EDWIGE, *entrant la première.*

M. le Baron, ma sœur, réjouissez-vous, voilà mon oncle.

LE BARON.

Le père d'Eric!... ô terre! engloutis un monstre indigne de pardon!...

HELGA, *embrassant le Comte.*

Mon oncle!... je vous revois enfin!... (*à part*) dans quel moment!

LE COMTE D'HOLBERG.

Où est ton mari? fais-moi voir mon fils, il me tarde de les embrasser.

HELGA.

Mon mari!

EDWIGE, *montrant le baron.*

Le voilà, mon oncle! (*)

LE COMTE.

Qu'as-tu donc, Gustave?. . ce visage pâle, ces traits flétris... ce bruit alarmant...quel malheur t'accable?

LE BARON, *comme égaré.*

Que me demandez-vous?

LE COMTE.

As-tu perdu ton état, ta fortune?

LE BARON.

Ne m'interrogez pas.

LE COMTE.

Mes travaux ont fructifié; je reviens avec des richesses immenses que je veux partager également entre vous et mon fils. Tant que l'honneur nous reste, on n'est point malheureux; sa perte est la seule qu'on ne puisse réparer. Mais je ne vois point mon fils, où est ce cher Eric? l'espoir de ma vie!... sans doute ses progrès ont répondu à tes soins. Tu l'as formé par ton exemple au courage et à la vertu! conduisez-moi vers lui, où est-il?

(*) EWIGE, HELGA, LE COMTE, LE BARON.

LE BARON, *lui montrant la terre.*

LÀ !...

LE COMTE.

Juste ciel !... mon fils est mort !...

EDWIGE.

Qu'entends-je ? Eric est mort !... ah ! mon dieu !...

LE COMTE.

Lui ! qu'après douze ans d'absence j'espérais presser aujourd'hui sur mon cœur !...

LE BARON.

Tirez ce fer, et venez le plonger dans le sein de son meurtrier.

LE COMTE.

Oui, sans doute. Il n'échappera point à ma vengeance... où trouver celui qui a détruit le bonheur de ma vie ?

LE BARON.

Devant vous.

LE COMTE.

Toi !...

LE BARON.

Frappez ! (*il découvre sa poitrine.*) Je bénirai vos coups.. j'ai immolé votre fils.

LE COMTE, *tirant son épée.*

Défends-toi, je le veux... Ne me force pas à t'imiter.

HELGA et EDWIGE.

Du secours !... grand dieu !

(On entend crier en dehors, *nous voici ! nous voici !..* et l'on voit à travers les croisées, des personnes qui accourent en désordre, avec des flambeaux.)

SCÈNE XI.

LE COMTE, EDWIGE, HELGA, ERIC, LE BARON.

ERIC, *entrant vivement l'épée à la main.*

Qui ose attenter aux jours de mon colonel ? (*Il se place devant le Baron, qu'il couvre de son corps.*)

HELGA.

Eric !...

LE BARON.

O prodige !

LE COMTE.

Mon fils, ô ciel !

ERIC.

Mon père!.., est-il possible? (*Tous deux laissent tomber leur épée et se jettent dans les bras l'un de l'autre.*)

ERIC.

M. le baron, je ne suis pas allé jusqu'aux forges; chemin faisant j'ai rencontré Radulf qui revenait....

SCENE XI.

EDWIGE, LE COMTE, ERIC, LE BARON, RADULF, HELGA, CASIMIR, Domestiques, Paysans, Paysannes, dans le fond.

RADULF.

Après avoir exécuté l'ordre de mon colonel...

EDWIGE, LE COMTE, HELGA et CASIMIR.

Qu'est-ce à dire ?

RADULF.

M. le baron m'avait ordonné de laisser la bascule du pont ouverte à huit heures du soir, mais sans me dire quel était son projet. En vieux soldat, pour qui la discipline est le premier devoir, j'ai suivi ponctuellement ses intentions; mais toutefois je me suis posté dans un ravin en avant du pont, pour savoir qu'elle était la personne que M. le baron enverrait. Il était à peine l'heure dite, que je vois s'avancer rapidement un homme que, malgré l'obscurité, j'ai fort bien reconnu. Si c'eût été tout autre je l'aurais empêché de passer : comme dans mon ame et conscience il y a long-tems qu'il mérite ce châtiment, j'ai pensé que c'était la juste récompense de ses mauvaises actions, et je me suis bien gardé de l'arrêter, au contraire...

TOUS.

Et c'était ?

RADULF.

Siward.

TOUS.

Siward !

RADULF.

Il n'a pas été plutôt sur la fatale bascule, que je me suis jeté à genoux pour rendre grace au ciel de nous avoir délivré de ce mechant.

LE BARON.

Par quel miracle, Eric, parti d'ici à six heures et demie, a-t-il été devancé par Siward?

ERIC.

Je me suis arrêté à la Chapelle du Torrent pour demander à Dieu la conservation et le prompt retour de mon père. Je ne croyais pas qu'il exaucerait aussitôt mes vœux.

CASIMIR.

Eh bien ! c'est moi qui ai fait le plus grand miracle ; on ne s'en doute pas, et personne ne me remercie.

RADULF.

Qu'avez-vous donc fait ? Encore quelque surprise ?

CASIMIR.

Juste !... Quelle heure est-il ?

RADULF, *regardant l'horloge qui marque onze heures.*

Parbleu !... la belle malice... il est onze heures.

CASIMIR.

Pas du tout. Il n'est que dix heures. Dans mon impatience, et pour danser plutôt, j'ai avancé l'horloge d'une heure. Sur ces entrefaites M. Siward est arrivé, je lui ai fait remarquer qu'il était tard...

LE BARON.

Et le misérable qui savait qu'à huit heures on devait immoler sa victime à la forge, est accouru pour se réjouir le premier de ce sacrifice. Eric, Helga, et vous M. le Comte, me pardonnerez-vous ?

(Tout le monde le rassure et cherche à calmer sa douleur par des signes d'affection.)

Eric, tu vas devenir l'époux d'Edwige ! vois, par mon exemple, combien il est dangereux d'écouter les premiers transports de la jalousie, car nul homme ne connaît ce dont il est capable, ni à quels excès il peut se porter, tant qu'il n'a pas été sous l'empire de cette redoutable passion.

Fin du troisième et dernier acte.